Elektrische Fische

© Ellen Runa Kara

Susan Kreller, 1977 in Plauen geboren, studierte Germanistik und Anglistik und promovierte über deutsche Übersetzungen englischsprachiger Kinderlyrik. Sie lebt mit ihrer Familie in Berlin und arbeitet als freie Journalistin und Autorin. Susan Kreller ist Gewinnerin des Kranichsteiner Literaturstipendiums, wurde bereits viermal für den Deutschen Jugendliteraturpreis nominiert und hat ihn 2015 für ihren Roman »Schneeriese« gewonnen.

Susan Kreller

Elektrische FISCHE

CARLSEN

Außerdem von Susan Kreller im Carlsen Verlag lieferbar:
Das Herz von Kamp-Cornell
Elefanten sieht man nicht
Hannas Regen
Schneeriese

Die Arbeit der Autorin am vorliegenden Buch wurde vom Deutschen Literaturfonds e. V. gefördert.

Wir produzieren nachhaltig
- Klimaneutrales Produkt
- Papiere aus nachhaltigen und kontrollierten Quellen
- Hergestellt in Europa

FSC www.fsc.org
MIX
Papier | Fördert gute Waldnutzung
FSC® C021394

Mit Fragen zur Produktsicherheit wenden Sie sich bitte an:
www.carlsen.de/kontakt

Veröffentlicht in der Carlsen Verlag GmbH,
Völckersstraße 14–20, 22765 Hamburg
Februar 2022

Umschlaggestaltung und -typografie: formlabor
Umschlagfotografien: plainpicture/© Willing-Holtz; shutterstock/© Soifer
ISBN 978-3-551-32009-4

Hey now, do you know my name?
Hey now, or where I'm going?
If I can't get an answer
In your eyes I see it
The lights of home
The lights of home

(U2, »Lights Of Home«)

1

Der Mond sieht aus wie ein Ohr, halb schief hängt er über der finsteren Landstraße, weißer als *Avonmore Milk*[1] lauscht er vom Himmel herunter, und als meine Mutter auf dem Beifahrersitz ohne Vorwarnung »Da vorn beginnt Velgow!« sagt, ist der Mond der Einzige, der ihr richtig zuhört. Sie müsste es eigentlich begeistert rufen, aber sie sagt es so gelangweilt wie früher die alten Miss Blacks von gegenüber, wenn sie in ihrer Einfahrt standen und im Duett erklärten, dass sie zum Dinner wieder nur *Lamb Stew* hatten.

Früher, das ist gar nicht lange her.

Früher hat bis heute Morgen gedauert, ungefähr bis zu dem Moment, als das blaue Taxi vor dem Haus stand und wir unser irisches Leben in den Kofferraum stapeln mussten, um von Dublin nach Deutschland umzuziehen. Nach Velgow, in das Dorf unserer Mutter, in das sie seit zwanzig Jahren keinen Fuß und keins von ihren Kindern gesetzt hat.

Airport, please.

Make it stop, please.

Es war noch dunkel, als wir uns auf den Weg gemacht haben, den Tag konnte man nur vom Flughafen und vom Flugzeug aus sehen. Jetzt ist es Abend und schon wieder dunkel, ich finde

1 Worterläuterungen siehe Glossar ab Seite 183

nichts Helles hier, nur den Mond und das Scheinwerferlicht. Wir sind erst seit drei Stunden in Deutschland, meine Mutter, meine Geschwister, ich, und schon jetzt ist alles falsch, die Landschaft und die fremden Häuser, der Januar und der stinkende Kokosduftbaum vorn am Spiegel und am meisten die Straßenseite, auf der wir fahren. Alle paar Meilen bin ich kurz davor, dem deutschen Großvater »Keep left!« zuzurufen, bis mir gerade noch rechtzeitig einfällt, dass ich nicht zu Hause bin, und dann halte ich lieber den Mund.

Wir fahren einfach weiter, an »Da vorn beginnt Velgow!« vorbei und an Masten mit tief hängenden Stromleitungen und an einem gelben Schild mit schwarzer Schrift, wir fahren der Dunkelheit davon und direkt in die Dunkelheit hinein. Doch obwohl es hier so finster ist, habe ich nicht das Gefühl, als könnte in dieser Gegend etwas Schlimmes geschehen, harmlos sieht sie aus, kein bisschen lebensgefährlich.

Ich kann noch nicht wissen, wie falsch ich damit liege.

Das Auto des deutschen Großvaters bewegt sich weiter durch den leeren, düsteren Abend, alles bleibt gleich. Und auf einmal beneide ich die irischen Auswanderer, die im vorletzten Jahrhundert das Schiff von Cork nach Amerika genommen haben, ich beneide jeden, der damals voller Läuse und Träume und Seekrankheiten war und am Ende mit einer Begrüßung durch die Freiheitsstatue belohnt wurde. Weil Velgow aber nicht New York ist, werden wir nur von einem alten Getreidesilo begrüßt, an das jemand *Lügenpresse* und *I love Angelina Wuttke* geschrieben hat. Das Wort Lügenpresse hat die Sonne ausgebleicht, aber Angelina Wuttke leuchtet rot im Scheinwerferlicht, die Liebe zu ihr scheint noch frisch zu sein.

Meine beiden Geschwister und ich sitzen auf der Rückbank, eng aneinandergequetscht, nach Alter geordnet. Und nach Traurigkeit. Meine kleine Schwester Aoife links neben mir ist die Traurigste von uns. Seit sie letztes Jahr erfahren hat, dass wir aus Dublin wegziehen und in Velgow wohnen müssen, sagt sie nichts mehr auf Deutsch, kein Wort. Wenn sich Aoife etwas in den Kopf gesetzt hat, schafft sie das auch, seit Monaten spricht sie abwechselnd Englisch und Irisch, und weil sie noch nicht so lange Irisch lernt, sind das immer nur Satzfetzen aus *The Children of Lir.* Fast jeder in Irland kennt die alte Legende, nur meine deutsche Mutter nicht, vor allem nicht auf Irisch, und manchmal kann sie nicht mehr verstehen, was ihre eigene Tochter sagt.

Aber seit wir hier sind, kommt von Aoife sowieso kein Ton mehr. Heute Morgen auf dem Weg zum Dubliner Flughafen hat sie immerhin gesungen, mit wackeliger Stimme von Süden nach Norden hoch, *Hurry back to me / my wild calling / it's been the worst day / since yesterday,* und danach hat sie geweint, erst laut schluchzend und dann immer leiser, leise, still. Das Einzige, was ich seitdem von ihr gehört habe, ist ihr knurrender Magen, denn sie hat seit dem Frühstück nichts mehr gegessen.

Ich frage mich, wie die Leute in Velgow Aoifes Namen aussprechen werden, wahrscheinlich genauso falsch wie der deutsche Großvater. »Du musst Eufe sein«, hat er am Flughafen gesagt, und sie hat ihn nur böse angeguckt und langsam den Kopf geschüttelt und »Iiiifa« gesagt, wieder und wieder. Jedes Mal hat sie die erste Silbe noch ein wenig länger gedehnt und mit ihrem breit gezogenen Mund ausgesehen, als würde sie lächeln.

Der deutsche Großvater hat dann auch den Kopf geschüttelt,

kurz zu meiner Mutter gesehen und einfach weitergemacht. »Du musst Dara sein«, war sein nächster Programmpunkt, und Dara war Dara, daran gab es nichts zu rütteln. Er sitzt neben mir, ist sechzehn und der Untraurigste von uns dreien. Er hat sich noch kein Mal beschwert und ihm ist das alles hier egal. Niemand weiß, was mein Bruder wirklich denkt, keiner kann ihm in den Kopf gucken, und in der Schule waren alle Mädchen in ihn verliebt, weil ihnen der Kopf auch von außen gereicht hat, besonders die gebogenen Wimpern, und immer war eins dieser Mädchen bei uns zu Besuch.

Aber jedes Mal ein anderes.

Ich, Emma, sitze in der Mitte und bin halb traurig und halb gar nichts. Es ist wie unter Wasser sein, frühmorgens am Seapoint mit Granda Eamon, mit dem ich so lange tauchen kann, dass sich die Wellen oben Sorgen machen. Manchmal ist es gut, wenn man selber unter Wasser ist und die anderen nicht, weil man sonst verrückt wird. Das hat er immer gesagt, und auch jetzt im Auto kriege ich alles nur wie unter Wasser mit: das Leben und den Umzug und dass niemand von uns Geschwistern richtig Ja gesagt hat und auch mein Vater nicht und noch viel weniger meine irischen Großeltern.

Hinter uns hat Velgow begonnen.

Das Dorf, in dem meine Mutter aufgewachsen ist, in einem Leben vor unserer Zeit.

In einem Leben vor unserem Leben.

Sie macht ein Geräusch, das erleichtert klingt, keine Ahnung wieso, denn hinter der Autoscheibe gibt es nur Ackerflächen und einzelne Häuser und diesen ganzen trostlosen Abend. Ich frage mich, warum Aoife nicht endlich schreit, dass sie sofort nach

Hause will oder sonst wohin, aber nichts, sie sitzt still neben mir, und auch Dara schweigt, sogar ganz ohne Tränen, denn er ist in seinem Mobile Phone verschwunden.

Wir fahren durchs Dorf und der deutsche Großvater zeigt auf etwas, das mal ein Laden gewesen sein muss. Über der Tür steht verblichen OBST GEMÜSE FEINFROST, er sagt: »Konsum: dichtgemacht.«

»Wir bleiben ja nicht ewig«, antwortet meine Mutter und fragt gleich noch, wieso diese Straße hier eigentlich immer noch Thälmannstraße heißt. Aber der Großvater fährt einfach weiter und knurrt nach einer Weile: »Kindergarten: dichtgemacht.«

Später zeigt er auf ein großes, schmutzig rotes Ziegelhaus und sagt: »Wolfgang Jensen: dichtgemacht.«

Meine Mutter zuckt zusammen und sieht zu ihrem Vater: »Dichtgemacht? Was, wie, was meinst du damit?«

»Na, er hat sich ...«

Dann fällt ihm ein, dass hinten Kinder sitzen. »Da hinten sitzen Kinder«, sagt er. »Ich erzähl's dir später.«

Wenn jemand Dara und mich Kinder nennt, hat er nichts kapiert, außerdem weiß ich genau, was er meint.

Als wir kurz danach an einer Kneipe vorbeikommen, die *Meerkrug* heißt, sagt er aber nicht: »Dichtgemacht«, sondern knurrt verächtlich: »Neumodisch«, vielleicht meint er das Plakat an der Tür, auf dem *Donnerstags Yoga Ü 50* steht. Der Name Meerkrug passt überhaupt nicht, denn angeblich muss man von Velgow aus ewig fahren, um mal ein Zipfelchen Meer zu finden. Und als wir an einer Bäckerei namens *Schwabes feinste Backwaren* vorbeifahren, hebt meine Mutter zum ersten Mal einen Mundwinkel, das kann ich von hinten sehen. Wahrscheinlich steckt in diesem einen Mundwinkel die ganze Freude, zu der sie heute fähig ist, die Freude über einen Laden mit hartem, deutschem Brot. Ich kann mir nichts Schlimmeres vorstellen.

Aber dann kann ich es doch.

Und ich weiß nicht, warum es ausgerechnet jetzt losgeht, vielleicht ist es wie bei einem Bild, das nach Jahren plötzlich von der Wand fällt, einfach so, oder wie bei einem Vater, der nach Jahren plötzlich auszieht, auch einfach so, genau jetzt beginnt es jedenfalls, zum ersten Mal seit Wochen fühle ich mich nicht mehr wie unter Wasser, nicht mehr beschützt, zum ersten Mal bin ich wieder oben, draußen, in die Welt gespült.

Es geht los wie ein Erschrecken.

Auf einmal kann ich klar sehen.

Ich kann sehen, dass alles verschwunden ist.

Und als der deutsche Großvater auf einen Garten mit kaputtem Zaun zusteuert und vor einem Haus hält und wir aussteigen, da muss sich Aoife übergeben. Mit einem frühstücksfarbenen Schwall begrüßt sie aber nicht den Velgower Boden, sondern nur meine Turnschuhe, und ich brülle »Jaysus, Mary and Joseph«, und zwar so laut, dass meine Mutter entsetzt »Emma!« ruft und der deutsche Großvater »Das fängt ja gut an« knurrt. Als ich Aoife kurz darauf umarmen will, schüttelt sie mich nur ab.

Ich stehe da, habe Aoifes klebrige Traurigkeit auf den Turnschuhen und fühle mich fremd und allein, niemand sagt noch etwas zu mir, obwohl meine Mutter genau jetzt zugeben müsste, dass es ein schlechter Tausch war, Dublin gegen Velgow. Aber sie lassen mich stehen, meine Mutter kümmert sich um Aoife und dann stapfen sie über den Kiesweg auf die Eingangstür zu, noch ohne Gepäck, sogar Dara geht einfach von mir weg.

Ich halte die Luft an, weil ich den neuen Geruch meiner

Turnschuhe nicht ertragen kann, und beinahe wünsche ich mir den Kokosgestank aus dem Auto zurück. Mit einem Ruck verschränke ich meine Arme, was vollkommen sinnlos ist, denn mich sieht ja sowieso keiner. Aber so kann mir zum Glück auch niemand ansehen, was ich heimlich beschließe, vor einem Haus am Ende der Welt, in frühstücksfarbenen Turnschuhen. Genau hier, genau jetzt weiß ich, dass ich so schnell wie möglich zurückkehren werde.

Nach Hause.

2

Wir waren noch gar nicht fertig.

Dara hatte mit der Hockeymannschaft von *St. Kilian's* monatelang alle Spiele und Mädchenherzen gewonnen, keine gute Zeit also, um die Schule zu verlassen und aus der Stadt wegzuziehen. Auch Aoife und ich waren mittendrin und noch gar nicht fertig mit unserem Leben in Dublin, keiner wollte weg von zu Hause, keiner wollte packen und keinem von uns war nach Weihnachten zumute, auch meiner Mutter nicht.

Im Dezember versuchte sie aber trotzdem, die Festbeleuchtung im Garten aufzuhängen, so wie jedes Jahr. Sie war spät dran, die Miss Blacks von gegenüber waren schon längst damit fertig, und weil sie deshalb die Hände freihatten, fingen die beiden alten Schwestern an, mit ihren gebogenen Knochenfingern auf unseren Garten zu zeigen.

Besonders weit kam meine Mutter dann aber nicht, geschmückt hat sie nur die linke Hälfte des Gartens, danach muss auch ihr klar geworden sein, wie sinnlos Weihnachtsschmuck ist, wenn man eigentlich schon fast woanders ist, ungefähr auf einem anderen Planeten. Wochenlang war deshalb nur unser halber Garten beleuchtet, und irgendwie hat das gut gepasst.

Zu allem.

Jetzt sind wir in Velgow. Die ersten Tage halten wir still, jeder auf seine Weise, jeder hält so still, wie er kann. Wir kommen nur zum Essen aus den Zimmern, manchmal schlurft einer von uns ins Bad, und ganz selten holt sich jemand eine Flasche Wasser aus der Küche, wir haben uns aufgeteilt, wir halten die Türen geschlossen.

Velgow muss draußen bleiben.

Zum Glück hat meine Mutter zwei Schwestern und zum Glück wohnen die längst sonst wo, aber nicht so sonst wo, wie meine Mutter die letzten zwanzig Jahre gelebt hat, alle sind im Land geblieben und haben auch nicht heimlich geheiratet, sondern hier im Dorf, wo es alle sehen konnten.

Wo alle mitfeiern konnten.

Wegen der beiden Schwestern meiner Mutter gibt es hier drei uralte Kinderzimmer, dreimal winzig, dreimal die gleiche braune Einrichtung, die längst aus der Mode gekommen ist. Im mittleren Zimmer wohnen Aoife und ich. Meine Schwester hat das schmale Bett bekommen, ich selbst schlafe auf einer Matratze, die weich ist, aber nach etwas sehr Traurigem aussieht. Im linken Kinderzimmer wohnt Dara, im rechten meine Mutter, wir sind hier aufgefädelt und haben nicht viel Platz.

Ich weiß nicht, wie sich diese Tage für meine Mutter und meine Geschwister anfühlen, keiner erzählt, wie es ihm geht. Wenn es regnet, starrt meine Schwester aus dem Fenster, das mit ihr mitweint, die Tränen rinnen über Aoifes Wangen und draußen über die Fensterscheibe, als wäre es ein Wettbewerb. Aber keiner gewinnt, es sind einfach nur Tränen, es ist einfach nur Regen, und wenn ich unten bei den fremden Großeltern bin und sie reden höre, dann ist es einfach nur Sprache.

Immer wieder gibt es Momente, in denen ich überhaupt

nichts verstehe, vor allem von dem, was die Hausbesitzer sagen. Aoife, Dara und ich bestehen aus zwei Sprachen, auch wenn meine Schwester darauf pfeift und nicht zweisprachig, sondern einfach nur aoifesprachig ist. Dara und ich beherrschen Deutsch dagegen genauso gut wie Englisch, zumindest habe ich das all die Jahre gedacht, zu Hause und in der Schule. Aber seit ich hier bin, ist das anders. Ich bin in einem Deutsch gelandet, in dem ich mich immer wieder verlaufe.

Es gibt so viele Wörter, die ich nicht kenne.

Wenn meine Mutter in den Jahren vor unserem Umzug mit mir geredet hat, in unserem Haus und egal wo, habe ich alles verstanden. Meine Mutter war mein Wörterbuch von A bis V, V wie Velgow, V wie: *Vielleicht ziehen wir schon bald um,* und den Rest haben sie mir in der Schule beigebracht, *St. Kilian's German School,* Clonskeagh, gleich hinter der Uni.

Weit weg von hier.

Erst hier wird mir klar, dass es nicht der ganze Rest war, gefehlt haben *Thälmann, Achterport* und zum Beispiel auch *Tranbüddel.* Mein Großvater hat das Wort für die Leute auf dem Amt benutzt, die uns ständig hin und her geschickt haben, um Formulare zu besorgen, und die dann viele Stunden und Kaffeetassen gebraucht haben, bis sie uns endlich einen Stempel mit zu wenig Farbe gegeben haben, einen Stempel gegen Fremdsein.

Jedenfalls für den Anfang.

Seit wir hier sind, geht es auch im Haus meiner Großeltern zweisprachig zu, es gibt das Schweigen meiner Mutter und das Schweigen der Großeltern, sie benutzen es wie in einem Gespräch, Schweigen hin, Schweigen her. Dabei müssten sie sich nach zwanzig Jahren eigentlich eine Menge zu erzählen haben, und vor allem die Großeltern sehen aus, als wären sie bis obenhin mit Fragen gefüllt, der neue Großvater Hinnerk, der groß ist und mit Bauch und manchmal aus Versehen lächelt, und die neue Großmutter Anita mit ihren schwarz gefärbten Haaren und dem strengen Gesicht darunter, das mich ein bisschen an die Gesichter der Füchse erinnert, die früher nachts in unserer Siedlung unterwegs waren. Rote Haare würden deshalb besser zu ihr passen, aber so was hat keiner hier, die Großeltern nicht, meine Mutter nicht und am wenigsten Dara, Aoife und ich.

Der Gesprächigste im Haus ist Peppy, ein kleiner dicker Hund, weiß mit braunen Flecken, Bauch bis zum Boden, Lärm bis zur Decke. Immer wieder zerbellt Peppy die Stille hier, manchmal tapst er auch einfach nur mit kleinen Pfoten über den gefliesten Küchenboden, jedes Geräusch ist besser als keins. Ab und zu gehe ich zu ihm hin und danke ihm dafür. Ich weiß nicht, ob er mich versteht, denn ich kann ihm nur auf Englisch danken, Deutsch geht bei Tieren nicht, auch nicht bei kleinen Kindern, auch nicht, wenn ich fluchen muss oder wenn ich mich freue.

Die englische Sprache bin *ich*.

Deutsch spreche ich nur.

Deutsch ist immer noch ein paar Meere von mir entfernt.

3

Dann kommt Aoifes erster Schultag, und Aoifes erster Schultag geht schon schlecht los.

Aoife geht schon schlecht los.

Mein schöner Bruder Dara kriegt davon fast nichts mit, er löffelt Cornflakes und lächelt in sein Mobile Phone, was nur eins bedeuten kann, nämlich, dass spätestens morgen der erste weibliche Gast vor der Tür steht, um sich die Welt, Daras Liebe oder die Hausaufgaben erklären zu lassen.

Mir selber muss niemand die Hausaufgaben erklären, die Schule beginnt für mich erst nächste Woche, weil meine fremde neue Klasse in London auf Klassenfahrt ist. Sie ist näher an meinem Zuhause dran als ich, aber beim Frühstück ist mir das kurz egal.

Stattdessen ärgere ich mich über die winzigen Toastscheiben und darüber, dass ich Aoife zur Schule bringen muss, Aoife, die die schlechteste der Launen am Frühstückstisch hat und gleich nach dem Aufstehen in einen lauten mehrsprachigen Streit mit meiner Mutter geraten ist, die immer nur dieselbe Antwort hatte: »Keine Sportsachen, und Schluss!«

Jetzt sitzt Aoife trotzdem in der Sportkleidung aus unserer alten Schule am Frühstückstisch, rotes Oberteil, schwarze Trainingshose, rote Regenjacke, alles mit dem Emblem *St. Kilian's German School* und alles viel zu dünn und alles gar nicht nötig, denn Aoife hat heute überhaupt keinen Sportunterricht. Wenn es in *St. Kilian's* Schuluniformen gäbe, würde sie jetzt wahrscheinlich ihre Uniform tragen. Wie eine Leistungssportlerin sitzt Aoife da und beschwert sich lauthals über das sinnlose Bändchen an ihrem Teebeutel und verlangt so lange nach bändchenlosen *Barry's Tea Bags*, dass uns meine Mutter irgendwann genervt und ohne Abschiedsgruß aus dem Haus schiebt.

Aoife und mich.

Und da stehen wir, mitten in der Nacht, weil die Schule hier viel früher als zu Hause beginnt. Im Dunkeln gehen wir die Immer-noch-Thälmannstraße runter und ich frage mich, wer dieser Thälmann eigentlich war und ob er mal persönlich hier gelebt hat als Dichter oder Bürgermeister, und ob er vielleicht auch ganz woanders sein wollte. Aus *Schwabes feinste Backwaren* riecht es nach hartem deutschem Brot, aus dem Kindergarten riecht es nach dichtgemacht und an der Bushaltestelle stehen drei Kinder und starren uns an, aber nur so lange, bis wir den Schulbus kommen sehen und sie in lautes Gelächter ausbrechen.

Denn Aoife versucht, den Bus heranzuwinken, so wie sie es von zu Hause kennt, und das, obwohl unsere Mutter uns tagelang alles Wichtige erklärt hat. Dass der Bus auch ohne Winken hält, merkt euch das bitte!, und dass sich zum Schluss niemand beim Fahrer bedankt, wirklich, nicht ein Einziger, und dass alle hinten aussteigen und dass es sein könnte, dass der Bus jeden Morgen pünktlich ist, ganz anders als zu Hause, und dass sich keiner hier bekreuzigt, wenn der Bus an einem Friedhof vorbeifährt, und sie weiß ja auch nicht wieso.

Die Kinder hören auch beim Einsteigen nicht mit dem Lachen auf und Aoife bleibt die ganze Fahrt über stumm, um sich am Ende aber mit Händen und Füßen gegen den Strom der genervten Schulbusschüler nach vorn zu kämpfen und so trotzig »Thanks a million« zum Busfahrer zu sagen, dass es wie eine Beleidigung klingt. Er verabschiedet sich von ihr mit einem kopfgeschüttelten Knurren und schließt hinter ihr sofort die Tür, als müsste er sich schnell in Sicherheit bringen.

In solchen Momenten ist es am schlimmsten, obwohl ich seit unserem Umzug nach Velgow immer nur traurig bin. Trotzdem halte ich es in diesen Aoife-Augenblicken am wenigsten aus, dann sitzt mir das Heimweh in der Kehle und in der Brust und ich gehöre noch weniger hierher als ohnehin schon. Deshalb sage ich schnell zu meiner Schwester und zu mir selbst: »See, we're not at home.«

Aoife stampft auf und ruft: »Take me back home, then, will ye?«

Ich nicke und sage: »No, I won't.«

Später dieser Moment im Klassenzimmer.

Unendlich lang.

Aoife krallt sich an meiner Jacke fest und alle schauen uns an. Keiner lacht, die meisten Schüler sehen einfach nur erschrocken aus. Aoife weint und weint und lässt meine Jacke nicht los, und jetzt kommt auch die Lehrerin zu uns und ich weiß, dass es vollkommen sinnlos ist, Aoife steht da und ist meilenweit weg, schon längst nicht mehr zu erreichen.

»Hold on a sec«, sage ich zu ihr, mache ihre Hand ein bisschen zu heftig von meiner Jacke los und schiebe ihren *St. Kilian's German School*-Ärmel weit hoch. Meine Telefonnummer ist zu lang für ihren acht Jahre kurzen Unterarm, ich habe die Zahlen zu groß angefangen, also schreibe ich sie bis über die Armbeuge zum Oberarm hoch und sage ihr schnell, dass mich die Lehrerin anrufen soll, wenn etwas ist. Dann renne ich einfach aus Aoifes Weinen heraus und lasse meine Schwester in ihrem Unglück zurück, obwohl ich nichts Wichtiges vorhabe.

Oder eben das Wichtigste: einfach herumlaufen, geschützt vor Aoifes Traurigkeit.

4

Ein paar Stunden später sitzt sie auf einem hässlichen Schulhofblumenkübel und weint sich den Vormittag aus den Augen. Weil sie Aoife ist, weint sie nicht nur, sondern schmeißt ihre Sprachen schluchzend in den kalten Morgen hinein, Englisch, Irisch, eine Art Chinesisch.

Ihre neue Lehrerin sitzt neben ihr und versucht sie zu trösten, wer weiß, was ihr schwerer fällt: meine Schwester zu erreichen oder mit ihrem eigenen Hinterteil auf dem dünnen Rand des Blumenkübels sitzen zu bleiben. Sie schafft beides nicht und sieht erleichtert aus, als sie mich kommen sieht, »Du bist die Schwes-ter, wir ha-ben uns vor-hin kurz ge-se-hen«, ruft sie mir so langsam zu, als würde sie nach jeder einzelnen Silbe noch kurz überlegen, ob sie zu Hause auch wirklich den Herd ausgemacht hat.

Sie glaubt wahrscheinlich, dass ich fast kein Deutsch verstehe, also rufe ich mit Weltrekordgeschwindigkeit und meinem schnellen Herzen zurück: »Undwennichschondabinkannichauchgleichübernehmen.«

Ich verhaspele mich nur zweimal.

Die Lehrerin schaut mich ungläubig und ein bisschen vorwurfsvoll an, dann steht sie seufzend auf und geht langsam weg, dreht sich aber auf dem Weg zum Schulgebäude ein paar Mal zu uns um.

Aoife weint wieder, nach einer sekundenkurzen Pause, die sie eingelegt hat, um der Lehrerin und mir zuzuhören, sie weint jetzt ohne ihre Sprachen und zittert dabei. Ich nehme ihre kalte Hand und sie schlägt mich weg, wimmert aber gleich danach: »Emma« und hält sich so sehr an meinem Arm fest, dass es wehtut.

Wir sind seit einer Woche in Deutschland, seit einer Woche in Velgow, und keiner von uns hat Angelina Wuttke kennengelernt, außer vielleicht Dara, dem ich alles zutraue. Zwei Jungen in Aoifes Alter gehen lachend an uns vorbei und ich sehe gleich, dass es nicht freundlich gemeint ist. Aoife merkt es auch, lässt mich los und ruft den beiden in schönstem Dublinerisch »Fuck off with yerself« und »Ye gobshite ye« hinterher, keine gute Idee. Doch die Jungen zucken nicht einmal zusammen und ich bin die Einzige, die erschrickt. Denn jetzt wird mir endgültig klar, wie schwer es Aoife in der Schule haben wird, *Fuck off* und *Gobshite* sind der beste Beweis dafür. Selbst mit acht Jahren benutzt man diese Wörter höchstens dann, wenn man gerade niemanden kennenlernen will. Oder wenn man niemanden mehr zu verlieren hat.

Quer unter meinem Po verläuft ein dünner Streifen Blumenkübelkälte und ich frage mich, ob wir krank werden, wenn wir noch länger hier sitzen, und ob es irgendwen kümmern würde, zum Beispiel unsere Mutter.

Oder uns selbst.

Der Kübel ist aus Beton mit Kieselsteinen darin, und immer mehr Kinder gehen jetzt über den Schulhof. Aoife starrt auf den Boden, sie hat die Wimpern und die dunklen Haare unseres Vaters, genau wie Dara. Wir sind zwei armselige Gestrandete mit tiefgefrorenen Hinterteilen, und um uns beide vor dem Kältetod zu retten und die Sache hier abzukürzen, frage ich meine Schwester, was genau passiert ist.

Aoife tut, als wäre sie taub, und erst als ich sie ganz vorsichtig anrempele und sie fast vom Blumenkübel fällt, fängt sie langsam zu reden an. Sie lässt meinen Arm los und erzählt, wie die Lehrerin den Namen ihrer neuen Schülerin an die Tafel geschrieben hat: AOIFE, und wie sie zur Klasse gesagt hat: »Weiß jemand, wie dieser Name ausgesprochen wird?«, und wie erst niemand antwortete und irgendwann von hinten jemand »Affe« rief, bis es dann von überall kam, Affe, Affe, und als die ganze Klasse eingestimmt und Zoogeräusche gemacht hat, ist Aoife wieder in Tränen ausgebrochen und hat den Kopf auf den Tisch gelegt, wo er dann bis zur ersten großen Pause auch geblieben ist.

Obwohl sie die am wenigsten Zweisprachige von uns Geschwistern ist, weiß sie genau, was »Affe« heißt. Und als sie zum Abschluss wimmernd »Iiifa« sagt, »my name is Iiii-fa«, kann ich meine Schwester nicht mehr ansehen, es ist auch so schon alles schlimm genug. Also blicke ich irgendwohin, ganz egal, einfach nach vorn, auf diesem Schulhof ist ohnehin alles ähnlich hässlich.

Und dann.

Dann sehe ich ihn.

Ich kann nicht sagen, seit wann er da schon sitzt, seit gestern oder seit fünf Minuten. Aber jetzt ist er da und sieht uns an. Er starrt nicht, sondern guckt einfach nur, dunkle Haare bis zur Schulter, Brille, dünn, alles ganz harmlos. Aber ich fühle mich ertappt und versuche streng zurückzublicken, nach einer Woche Velgow dürfte das zu schaffen sein.

Aber es gibt nichts Schwereres, als jemanden streng anzusehen, wenn man jemand anderen gleichzeitig trösten will, zur Seite hin und mit aller Kraft. Ich komme mit meinen Blicken durcheinander, mit dem strengen und dem tröstenden, und bestimmt sieht es sonderbar aus.

Ein Gesicht mit zu vielen Blicken.

Der Junge drüben muss lächeln.

Schnell schaue ich wieder zu meiner traurigen Schwester und verrate ihr etwas, das ich eigentlich für mich behalten wollte, weil es viel zu wichtig ist; ich sage, dass ich mich so schnell wie möglich aus dem Staub mache und nur noch einen guten Plan brauche, einen Plan ohne Flugzeug, und dass ich sie dann nachholen werde, *I promise,* das kriege ich hin, bald sind wir beide wieder da, wo wir hingehören.

Aber sie sieht mich nicht an und sagt nichts dazu, sondern reißt plötzlich ihre Augen weit auf und schaut entsetzt in die Ferne. Hinten sehe ich sie kommen, Kinder, acht, neun Jahre alt, ein Witz von einem gefährlichen Häufchen.

Als sie langsam näher kommen und auf uns zeigen und Aoife leise »No« sagt und sich wieder in meine Jacke krallt, fange ich trotzdem an, mich vor diesen wild gewordenen Schülern zu fürchten.

Vor einer Horde von Kindern.

Und vor Aoifes Angst.

Die Kinder sind mittlerweile vor unserem Blumenkübel angekommen und rufen finster lachend »Affe«, machen Affengeräusche, machen Affenbewegungen, machen sich lustig. Dann machen sie gar nichts mehr.

Denn es passiert etwas.

Alles geht ganz schnell.

Vor ihnen steht der Junge, der gerade noch da drüben gesessen hat, er ist nicht besonders groß, vielleicht so alt wie ich, und er stampft auf, rennt dann hinter ihnen her und jagt sie über den Schulhof, als wären sie keine Kinder, sondern schreckhafte Tauben mit roten Augen. Mir wird auf einmal klar, dass er seit langer Zeit der Erste ist, der etwas absolut Gutes für meine Schwester tut, und ich schaue ihm nach und sehe, wie die Kinder in alle möglichen Richtungen davonstieben.

Der Junge dreht sich nicht zu uns um.

Dafür dreht sich die Welt, sie dreht sich einfach weiter, an den Fensterscheiben der Schule kleben große Schneeflocken aus Papier und auf der Eingangstreppe steht ein Mann und wühlt in den Taschen seines grauen Kittels.

Das alles sehe ich.

Obwohl es weit weg ist.

Aber das Wichtigste merke ich nicht.

Vielleicht, weil es so leise geschieht und weil es auch gar nicht dafür gedacht ist, dass irgendwer Wind davon bekommt. Denn während ich mich auf den Jungen und die Kinder und die Papierflocken konzentriere und so etwas wie Erleichterung fühle, merke ich nicht, wie Aoife direkt neben mir und unter strengster Geheimhaltung beschließt, für immer mit dem Reden aufzuhören.

5

Unsere Mutter hätte uns warnen können.

Sie hätte mit uns zu ihren Eltern fliegen sollen jeden Sommer, dann hätten wir lernen können, wie das geht: in Velgow sein.

Vielleicht würde Aoife dann noch reden.

Dara und ich waren beide schon auf Klassenfahrt in Deutschland, ich nur kurz in Berlin und Hamburg, Dara sogar zwei Wochen in Hannover. Aber keine dieser Reisen hat uns darauf vorbereitet, in Velgow zurechtzukommen und das Leben hier zu verstehen. Unsere Mutter hat uns außer ihrer Sprache und ihren nutzlosen Geschichten nicht viel beigebracht, höchstens, dass wir ihr besser aus dem Weg gingen, wenn sie wieder mal einen ihrer berüchtigten Heimwehanfälle hatte.

Wir lebten im Heimweh unserer Mutter.

Vor allem in den letzten Jahren.

Und immer wollte sie, dass wir mit ihr Deutsch sprechen, sie hörte uns gar nicht erst zu, wenn wir es mit Englisch versuchten, und am strengsten war sie immer dann, wenn unser Vater wieder betrunken aus dem *Mill House Pub* nach Hause gekommen war und seine Lieder in die Nachbarschaft gebrüllt hatte, *So pass the flowing bowl / while there's whisky in the jar / and we'll drink to all the lassies / at the Jolly Roving Tar*, und nein, man konnte wirklich nicht sagen, dass es die Lieblingslieder der Miss Blacks von gegenüber oder von Anthony Murray aus der Nummer 24 waren.

Vor allem nicht kurz vor Mitternacht.

Unsere Mutter hat sich nach jedem *Mill House*-Abend ein bisschen mehr auf unseren Umzug nach Velgow vorbereitet, heimlich, in Gedanken, auch wenn sie noch gar keinen richtigen Plan hatte und auch wenn es noch ein bisschen gedauert hat, bis sich meine Eltern getrennt haben und mein Vater zu Granda Eamon und Nana Catherine nach Dun Laoghaire gezogen ist, wo es auch gute Kneipen gibt.

Gesagt hat meine Mutter aber nichts, und keiner von uns hat begriffen, was es hieß, wenn sie lieber unsere strenge Deutschlehrerin als unsere Mutter war. Oder vielleicht hat es Aoife verstanden, denn sie weigerte sich von Anfang an, mit ihr nur Deutsch zu reden, und hat ihr zum Schluss nur noch auf Englisch und Irisch geantwortet.

Wenn überhaupt.

Jetzt spricht sie gar nicht mehr.

Sie hält es seit drei Tagen durch und hört auch dann nicht damit auf, als ich von allen Teebeuteln des deutschen *English Breakfast*-Tees die Bändchen abschneide, damit sie einigermaßen wie unsere irischen Teebeutel aussehen, sie lässt sich noch nicht einmal anmerken, dass sie es überhaupt sieht, während alle anderen im Haus den Kopf schütteln oder die Augen verdrehen oder sagen: »Die *Twinings*-Bändchen haben sie doch auch nie gestört.«

Aber die Stimmung im Haus ist auch so schon schlecht, vor allem, seit Aoife nicht mehr zur Schule will.

Wir gehören nicht in dieses Haus, in dem es immer noch

nicht nach uns riecht, sondern nur nach den deutschen Großeltern: nach fremden Soßen und Reinigungsmitteln und künstlichem Raumduft, nach zu süßem Parfüm und nach Schweiß und nach der praktischen Gewürzmischung, die sie immer nehmen. Wir haben den Geruch der Keegans immer noch nicht ins Haus getragen.

Morgens beim Frühstück hören wir Radio MV, einen Sender mit Musik, über die meine Mutter mal geflüstert hat, dass sie, wenn man sie essen könnte, wie eingeschlafene Füße schmecken würde. Keine Ahnung, was für ein Geschmack das sein soll, auf jeden Fall hört sich die Musik so an, als wären alle Sänger bei der Aufnahme ihrer Lieder eingeschlafen und hätten dabei trotzdem weitergesungen.

Wir haben kein Zuhause mehr. Aber immer, wenn ich mich über irgendetwas beschwere, über die Winzigkeit der Zimmer zum Beispiel oder die Radiomusik oder die hässlichen Möbel, dann flüstert meine Mutter müde: »Sobald ich einen Job habe, sind wir hier weg.« Und jedes Mal sehe ich dann schnell zum Fenster raus, weil ich dringend etwas sagen müsste, und mit dem Rücken zu ihr beiße ich mir auf die Lippen und sage nicht: Sobald ich einen Plan habe, bin *ich* hier weg.

6

Er kommt ins Klassenzimmer und ich erkenne ihn gleich. Ich bin die Einzige, die ihn erkennt, keiner hier hebt den Kopf oder sagt etwas zu ihm, trotzdem habe ich nicht das Gefühl, dass die anderen ihn nicht mögen. Der Junge trägt ein verwaschenes, uraltes und riesiges T-Shirt, das mal schwarz gewesen sein muss. Auf dem Shirt steht *Black Sabbath, Reunion Tour 1999,* in einer Schrift, die mal weiß gewesen sein muss, und ehemals schwarz und ehemals weiß zuckt der Junge zusammen, als er mich sieht.

Ich frage mich, warum er nicht mit dem Rest der Klasse in London war.

Und ich freue mich darüber.

Sonst hätte er Aoife nicht helfen können.

Da fällt ihm ein Blatt Papier aus der gelben Mappe, an die er sich klammert wie ein Ertrinkender, und ein Mädchen bückt sich und hebt es auf, um dann kichernd und nicht besonders flie-ßend *Elefantenrüsselfisch* vorzulesen. Aber die meisten hören gar nicht zu, nur ein paar Schüler lachen leise. Der Junge zieht dem Mädchen schnell das Papier aus der Hand und geht nach hinten. Er streicht sich eine dunkle Haarsträhne aus dem Gesicht, rückt seine Brille zurecht, setzt sich endlich und befindet sich am einen Ende der Diagonale.

Ich sitze am anderen Ende.

An ihrem Anfang.

Ausgerechnet am schlimmsten Tisch bin ich gelandet, vorne links am Fenster, direkt gegenüber vom Lehrertisch und ganz allein. Trotzdem bin ich froh, dass ich wenigstens nach draußen sehen kann, auch wenn dort nur Äcker und Nebel und Strommasten zu sehen sind, ein paar kahle Bäume noch, der graue Himmel. »Rechnet hier bloß nicht mit Farben, vor allem nicht mit Grün«, hat meine Mutter vor ein paar Tagen über diese Landschaft gesagt, als wir mit dem deutschen Großvater zum Einkaufen fuhren, an alten, grauen Betonklötzen vorbei, die er *Neubauten* nannte, in einen Supermarkt, der bei ihm *Kaufhalle* hieß, und er hat dann »Wartet's nur ab« gebrummt und etwas von Maisgrün und Weizengelb und Rapsgelb erzählt und ich habe mich gefragt, warum meine Mutter so tut, als würde sie sich mit Grün auskennen, denn wir haben in Dublin auch nicht gerade unter Schafen gelebt. Nur der Park in der Nähe war grün und sogar die eingemauerten Gärten in unserer Siedlung, und wenn man Glück hatte, konnte man in der Ferne vielleicht noch die Wicklow Mountains sehen, grün und braun.

Aber ein bisschen kann ich meine Mutter trotzdem verstehen.

An irgendetwas muss man sein Heimweh schließlich auslassen.

Die Lehrerin ist leise wie auf Socken ins Klassenzimmer gekommen, ich habe es nicht gemerkt. Jetzt sitzt sie mir in Pastellfarben gegenüber, riecht nach dem Parfüm alter Frauen und lächelt mich so entschuldigend an wie früher Nana Catherine, wenn sie mir bei meinem Sonntagsbesuch sagen musste, dass mein Vater oben seinen Rausch ausschlief, *so sorry, luv, he's busy.* Jetzt fällt mir auch auf, wie laut es im Klassenzimmer ist, die Lehrerin scheint hier niemanden besonders zu beeindrucken, und erst als sie aufsteht, sich vor die Tafel stellt und ein paar Mal kräftig in die Hände klatscht, wird es ruhiger.

»Freunde!«, ruft sie.

Dann ein letztes Doppelklatschen.

Ein *Scht, scht,* genauso doppelt, genauso schnell.

Nichts, was man bei Freunden machen würde.

»Wir haben eine neue Schülerin«, sagt sie und versucht mit einer gefährlichen Armverrenkung auf mich zu zeigen, kommt aber nicht sehr weit.

»Das ist Emma Keegan aus Dab-liiiin.«

Keiner lacht, aber irgendwo ruft jemand »Kröslin?« und ein anderer »Mestlin?«, vielleicht sind beide erst bei der zweiten Silbe mit den Ohren dazugestoßen, und die Lehrerin macht wieder *Scht!* und wiederholt mit einem noch länger gezogenen *i* das Wort »Dab-liiiiiin«, sodass ich es fast selber für ein kleines deutsches Dorf im Norden halte.

»Ist vor Kurzem nach Velgow gezogen, die Mutter kommt von da.«

Dann wendet sie sich an mich, sie sieht ein bisschen fehl am Platz aus, wie aus einer leicht anderen Welt, damit kenne ich mich aus.

»Emma«, sagt sie und stemmt unbeholfen einen Arm in die Hüfte.

»Wenn du eine Frage hast, kannst du sie jetzt stellen, du willst bestimmt wissen, wo wir im Lehrplan sind und ob du in den Englischunterricht musst und wann Mittagspause ist und all diese Dinge, und übrigens *musst* du in den Englischunterricht, aber das ist dir sicherlich klar.«

Ich hätte eine Menge Fragen und würde zum Beispiel gern erfahren, warum es hier kein vernünftiges *Soda Bread* gibt und immer noch keine Schneeglöckchen und nicht mal einen Kamin, auf dem man die Weihnachtskarten vom letzten Jahr aufstellen kann, ich würde gern wissen, wann ich hier wieder wegkann, ein für alle Mal, aber was ich am Ende frage, ist einfach nur: »Wer ist eigentlich dieser Thälmann?«

Jetzt lachen doch ein paar Schüler, sind aber gleich wieder still, als die Lehrerin fragt: »Was ist? Könnt *ihr* es Emma sagen?«

Aber sie können es mir nicht sagen, und als die Lehrerin fragt: »Und du, Emma, was glaubst du?«, da kann ich es mir auch nicht sagen. Die Straßen, die ich in Dublin kenne, sind nach Kirschgärten benannt und nach sagenhaft steinreichen Familien und Grafen, nach Revolutionsführern und edlen Töchtern und sagenhaft steinalten Kirchen.

Sankt-Thälmann-Kirche, versuche ich zu denken, aber es klingt seltsam, also sage ich: »Ein Graf vielleicht?«

Die Lehrerin, die die ganze Zeit gelächelt hat, so als hätte ich zufällig nach ihrem Lieblingsthema gefragt, bleibt weiter freundlich und sagt: »Falsch.«

Das hätte uns irgendjemand von den irischen Lehrern in *St. Kilian's* sagen sollen, *falsch!* Aber bei uns haben sie in solchen Situationen freundlich erklärt, dass man, gut, na ja, einverstanden, dass man diese spezielle Sache oben im Norden ganz bestimmt so sehen kann, Richtung Derry ungefähr, vor allem, wenn man die Cousine achtzehnten Grades miteinbezieht, und dass man ja auch bedenken muss, dass alles Ansichtssache ist, und am Ende, gut, na ja, einverstanden, am Ende sind wir ja irgendwie alle Grafen.

In der irischen Sprache gibt es kein Wort für *ja* und keins für *nein*.

Ich probiere eine andere Antwort, sage »Bürgermeister« und schlage gleich noch »Erfinder« und »Seefahrer« und »sehr wichtiger Musiker« vor, vorsichtshalber, denn das Spiel macht mir keinen Spaß und ich will es so schnell wie möglich beenden.

»Nein, Emma, das stimmt leider nicht!«, sagt die Lehrerin, deren Namen ich nicht kenne, obwohl ich ihn noch heute Morgen am Frühstückstisch gehört habe, aus dem Mund meiner müden Mutter. Dann erzählt die Lehrerin von Ernst Thälmann, dem obersten Kommunistenchef, und dass er Reden gehalten hat vor vielen Tausend Zuhörern, Stichwort Zwanziger- und Dreißigerjahre, sie erwähnt die Thälmannberge in der Antarktis und vergisst auch nicht die Kantate Ernst Thälmann für gemischten Chor und Orchester und sagt zum Schluss noch, dass ihn in der DDR wirklich alle kannten, ungelogen, und dass die Mauer zwar gefallen ist, aber Thälmann ist niemals gefallen.

Ich kann nicht herausfinden, ob sie das ernst meint oder sich die ganze Zeit nur lustig macht, beides wäre möglich. Und natürlich könnte ich jetzt sagen, dass wir in Irland genügend Leute hatten, die auch Reden vor vielen Tausend hielten und auch keine Grafen waren, Stichwort Neunzehnhundertsechzehn, aber ich komme nicht mehr dazu, denn in genau dem Moment, in dem dieser Thälmann niemals gefallen ist, fällt irgendwo hinter mir jemand mit seinem Stuhl um, beendet den Vortrag mit einem lauten Knall, und alle in der Klasse lachen, auch der Junge ganz hinten, und alle scheinen erleichtert zu sein.

Die Lehrerin lacht nicht.

Sie sieht auch nicht erleichtert aus.

Aber immerhin tut sie so, als hätte sie den Knall und den Stuhlfall überhört, klatscht ihr strenges Doppelklatschen und ruft sehr laut: »Freunde, Organisatorisches! Bitte.«

Während sie den Rest der Stunde über lauter Dinge spricht, die mich nichts angehen, schaue ich aus dem Fenster, sehe den Nebel über den Acker kriechen und habe hier nichts verloren, nicht hier.

Nur anderswo.

Alles.

Und als die Schulstunde vorbei ist und ich nach draußen auf den Korridor gehe, raus aus dem Ackernebel, raus aus dem Klassenzimmer, sehe ich den Jungen vom Ende der Diagonale.

Er geht ein paar Schritte auf mich zu und umklammert wieder die gelbe Mappe, auf der *Ethik* steht, dick durchgestrichen, und darunter in einer krakeligen Jungenschrift: *Elektrische Fische.*

Er steht da und zappelt ein bisschen, er ist genauso groß wie ich, vier Augen auf Augenhöhe, zwei hinter Brillengläsern. Aber der Junge denkt nicht im Traum daran, seine Augen auch zu benutzen.

Ohne mich anzublicken, flüstert er: »Ich, also …«

Dann sieht er mich aus Versehen doch noch an und ich weiß auf einmal, dass er neulich auf dem Schulhof alles gehört hat, mein ganzes Gespräch mit Aoife, denn er murmelt: »Und sag Bescheid, wenn du deinen guten Plan brauchst.«

7

Als uns meine Mutter letztes Jahr in ihren eigenen guten Plan einweihte, herrschte tiefster Sommer. Weil es ein irischer Sommer war, fegte draußen der Wind lärmend zwischen den Bäumen und den Palmen und den *Panda*-Mülltonnen umher, und unsere kleine Straße Cherrygarth machte ihrem Namen alle Ehre und war von vorne bis hinten mit Zweigen übersät, auch wenn man nicht genau erkennen konnte, ob auch Kirschzweige dabei waren.

Von unserem Küchenfenster aus konnte man dagegen klar und sehr deutlich die beiden Miss Blacks sehen, die von ihrem eigenen Küchenfenster aus zu uns herübersahen, so wie sie das nachmittags gern bei einer guten Tasse Tee taten.

Vor allem, seit mein Vater ausgezogen war.

Zur Freude der ganzen Nachbarschaft.

Zur Freude meiner Mutter, vielleicht zur Freude von Dara.

Zur Freude von allen, außer Aoife und mir.

Aoife war damals die Erste, die meiner Mutter zeigte, dass sie von ihrem Umzugsplan überhaupt nichts hielt, sie stampfte wild fluchend durchs Haus, brüllte immer wieder »No!« und vergaß sehr laut all die deutschen Wörter, die sie vorher einigermaßen beherrscht hatte.

Meine Mutter stand die ganze Zeit mit hängenden Armen da und blickte ins Leere, nur dass dieses Leere in Wirklichkeit gar nichts Leeres war, sondern ein eingerahmtes Foto an der Wand:

Dara und ich, auf Daras Arm Aoife als Baby, dahinter eine blaue Ecke Meer, massenhaft gelbgraue Strandsteine, ein leichter Tag drüben in Bray.

Das Bild war sieben Jahre alt, es konnte also doch kein besonders leichter Tag gewesen sein, denn schon damals hat es den Umzugsplan meiner Mutter gegeben, ganz klein noch und gut versteckt hinter ihrem Lachen und ihrem Weinen, gut versteckt hinter ihren verärgerten Ausrufen, dass sie es *hätte wissen müssen*, was mein Vater für einer war, vor allem in einem Land, in dem es mehr Ausdrücke fürs Betrunkensein als für die nicht gerade wenigen Regensorten gibt.

Es stimmt tatsächlich, in Irland kann man auf sehr viele Arten betrunken sein, man ist dann zum Beispiel *pissed* oder *stocious* oder *on his ear* oder *langered* oder einfach nur *full as a bingo bus*. Mein Vater beherrscht fast alles davon, aber ich glaube, das hat rein gar nichts mit Irland zu tun, egal, wie viele betrunkene Wörter es dort gibt.

Das hat nur mit ihm selber zu tun.

Als Aoife noch sehr klein war, sah er manchmal so zerzaust und durcheinander aus, dass sie sich zu ihm gesetzt hat, um ihn mit offenem Mund und großen Augen anzustarren, und mein Vater hat es geschehen lassen und Aoife auch und nur meine Mutter nicht, denn wenn sie die beiden so sah, rannte sie schnaufend zu meiner Schwester, nahm sie an die Hand und brachte sie nach oben in ihr Zimmer, wo Aoife dann genau wie vorher dasaß, das habe ich einmal gesehen, als die Tür offen stand, Aoife saß genau wie vorher da, nur dass sie diesmal meine traurige, zerzauste Mutter anstarrte.

Dass der Umzugsplan meiner Mutter schon einige Jahre alt war, hat sie uns aber erst kurz vor unserer letzten Taxifahrt zum

Dubliner Flughafen erzählt. Der Plan war zwar noch nicht so alt wie Aoife und wurde auch nicht zusammen mit ihr im *Holles Street Hospital* geboren, als mein Vater lieber im Pub als bei seiner Frau und seiner nagelneuen Tochter saß. Aber ein paar Monate später kam auch der Plan zur Welt. Und erst da begann das Heimweh meiner Mutter nach Velgow richtig zu wachsen, was ein Pech für Dara und Aoife war, denn wenn es früher losgegangen wäre, hätten sie vielleicht Namen abgekriegt, die man auch in Velgow kennt.

So wie meinen Namen.

Dabei hatte auch der noch nichts mit Velgow zu tun, ich wurde einfach nur nach meiner irischen Great-Grandmother benannt, Emma Mary Sheridan aus Donegal, die noch an die Banshee glaubte, die alte Geisterfrau, die immer dann zu weinen anfängt, wenn gleich jemand stirbt. Ich habe meine Urgroßmutter nur einmal gesehen, als ich noch klein war und sie selber schon wie die Banshee aussah, weißes Kleid, weißes Gesicht, rote Augen. Geweint hat sie aber nicht, das Weinen habe ich für sie übernommen, denn sie war wirklich sehr beängstigend.

Angst hatten wir auch, als uns meine Mutter von ihrem Plan erzählte, Aoife sowieso und bestimmt auch Dara, obwohl er sich so gut wie nichts anmerken ließ. Wovor ich selbst Angst hatte, wusste ich nicht, noch nie war ich umgezogen, nicht mal innerhalb der Stadt. Aber es fühlte sich entsetzlich falsch an, himmelschreiend ungerecht, vollkommen fremd. Und niemand von uns Geschwistern konnte irgendetwas dagegen tun, keiner. Es fühlte sich an, als würde schon bald unser Haus abbrennen, mit allen Fotos und Büchern und Erlebnissen drin, und als müsste bloß noch einer die Streichhölzer dafür finden.

Meine Mutter hatte sie schon fast gefunden.

8

Und jetzt? Jetzt ist der Plan meiner Mutter nicht aufgegangen, aufgegangen sind bloß die Schneeglöckchen in den Velgower Vorgärten. Sie sehen dürr und winzig aus, blühen aber trotz der Februarkälte, die angeblich direkt aus Sibirien gekommen ist, sogar im Fernsehen sagen sie das und sogar in Irland soll sie gelandet sein. Außer Schneeglöckchen und Minusgraden gibt es auch noch einen mit Hühnerkeulen bemalten Fleischwarenbus, der einmal die Woche vor dem *Meerkrug* hält. Wahrscheinlich hat er auch schon im Januar dort gehalten, mit hundertprozentiger Sicherheit sogar, und wahrscheinlich hat es noch nie einen Fleischwarenbus-Fleischer gegeben, der so schlecht gemalte Hühnerkeulen durch die Gegend gefahren hat.

Nein.

Der Plan meiner Mutter ist nicht aufgegangen.

Aoife spricht nicht mehr und ist allein, ich spreche noch und bin allein, und nicht mal Dara hat eine Freundin gefunden, obwohl ihm das nur wenig auszumachen scheint. Auch meine Mutter sieht immer noch nicht so aus, als hätte sie wirklich verstanden, dass sie wieder zu Hause ist, in *ihrem* Zuhause, und dass sie hier der einzige Mensch ist, der eigentlich kein Heimweh haben dürfte.

Und der Junge.

Der seltsame Junge aus meiner Klasse.

Black Sabbath, Reunion Tour 1999.

Er heißt Levin, aber ich rede sowieso nicht mit ihm. Oder besser: Er redet nicht mit mir. Seit Wochen geht er mir aus dem Weg, genau seit dem Tag, als ich ihm geantwortet habe, dass es, *thanks a million,* wahnsinnig nett von ihm ist, einen Plan für mich zu haben, *much obliged,* ehrlich, und dass ich zu gerne Ja sagen würde, aber jetzt sag ich leider trotzdem Nein, weil ich seine Hilfe auf gar keinen Fall annehmen kann, *don't go to any trouble for me,* aber danke, danke, und *in fact I'm fine.* Vielleicht hätte ich auch einfach fragen sollen, ob er noch ganz richtig tickt, das Ergebnis wäre sicher das Gleiche gewesen, jedenfalls redet Levin seit unserem kleinen Gespräch nicht mehr mit mir.

Kein einziges Wort.

Die meiste Zeit schaut er weg, nur in meinem Augenwinkel hört sein Wegsehen auf, in meinem Augenwinkel guckt er zu mir, im Unterricht, von seinem Platz ganz hinten im Klassenzimmer, und wenn ich es merke, schaut er schnell wieder weg. Ich würde ihm gern erklären, dass ich seine Hilfe trotzdem gut gebrauchen könnte, eine kleine Idee, ein Fitzelchen von einem Plan, eine Erleuchtung von einem seiner elektrischen Fische. Ich weiß einfach nicht, wie man ohne Flugzeug nach Irland kommen soll. Man darf zwar schon ab zwölf alleine fliegen, aber nur mit Genehmigung der Eltern, keine gute Idee.

Das Einzige, was ich wirklich weiß, ist, dass ich schleunigst nach Hause will, auch wenn unser Haus auf Cherrygarth längst verkauft ist und meine Mutter mit dem Geld alle Schulden bezahlt hat, ich will zu Granda Eamon und Nana Catherine und meinem

Vater nach Dun Laoghaire, ein paar Meilen von unserer alten Siedlung entfernt. Ich habe keine Ahnung, was sie von der ganzen Sache halten. Davon, dass sie Dara und Aoife und mich erst mal nicht mehr zu fassen kriegen, egal, wie weit sie ihre Arme ausstrecken.

Wenn ich Granda Eamon anrufe und ihm sage, dass ich es hier nicht mehr aushalte und niemanden habe und vollkommen allein bin, dann antwortet er, dass die O'Briens von nebenan jetzt einen Hund haben, Golden Retriever, ein stattliches Tier.

Wenn ich erzähle, dass Aoife jetzt wieder zur Schule muss, obwohl sie immer noch nicht redet, dann erklärt er mir, dass es zum Dinner *Bacon and Cabbage* geben wird und dass er sich schon auf die neueste Folge von *Fair City* freut, weil er glaubt, dass sich Robbie und Carol nun endgültig wieder vertragen.

Und wenn ich weine und ihn anflehe, dass er mich zurück nach Irland holen soll, macht er eine kleine Pause, atmet laut ein und aus und sagt leise: »Fair enough.«

Und dann: »I'm sorry, luv. Ye know I can't.«

9

Aoife spricht in Bleistiftsprache, sie kritzelt ihre Sprache auf kleine hellgelbe Zettel, die sie an die Wände und Schränke und auf den Küchentisch klebt. Sie würde eine perfekte Schauspielerin abgeben, so gut, wie sie ihre Gesichtszüge und ihre Stimme unter Kontrolle hat. Kein einziges Mal bewegen sich ihre Mundwinkel, wenn sie von irgendwem etwas gefragt wird.

Sie antwortet, indem sie schweigt.

Oder schreibt.

Meine Mutter musste schon drei Gespräche mit Aoifes Lehrerin über sich ergehen lassen und sich sogar anhören, dass meine Schwester in die Klinik gehört und es dort eine Station für Kinder mit Schulangst gibt. Aber meine Mutter hat einfach nur gesagt, dass Aoife eine Station für Kinder mit Heimweh und Dickschädel und zu vielen Sprachen bräuchte, und solange es die nicht gibt, schickt sie ihre Tochter auf gar keinen Fall in eine Klinik.

Aoifes Lehrerin ist nicht die Einzige, die meine wortlose Schwester zum Sprechen bringen will. Dara erzählt ihr jeden Morgen einen schlechten Witz über die Dubliner Northside, meistens viel zu erwachsen für Aoife, und dann fordert er sie auf, einen noch schlechteren Witz zu erzählen, früher hat das immer gut geklappt. Aber Aoife denkt gar nicht daran, einen Witz zu erzählen, presst die Lippen zusammen und schaut zur Decke hoch, jeden Morgen aufs Neue.

Und dann ist da noch die Nachbarin der Großeltern, die Regina Feldmann heißt und noch nie etwas anderes als einen dunkelblauen Hausanzug getragen hat. Viel zu oft sitzt sie mit der deutschen Großmutter in der Küche und schimpft über alles Mögliche, zum Beispiel über Butterpreise, Thälmannstraßenschlaglöcher, den Winter und Ausländer.

Wenn ich in der Nähe bin und sie daran erinnere, dass sich gerade eine Ausländerin in der Küche aufhält, winkt sie schnell ab und behauptet, dass das etwas völlig anderes ist und dass es gute und schlechte Ausländer gibt und so weiter und so fort. Nach solchen Sätzen guckt die Großmutter auf den Küchentisch und schüttelt leicht den Kopf und ich selber verschwinde jedes Mal schnell nach oben, damit sich in der Küche überhaupt keine Ausländerin mehr aufhält.

Sicherheitshalber.

Doch aus irgendeinem Grund hat es sich Regina Feldmann in den Kopf gesetzt, Aoife wieder zum Sprechen zu bringen. Vielleicht glaubt sie, dass eine Sprache, die an Wände und Schränke und auf den Frühstückstisch geklebt werden muss, nicht besonders viel taugen kann. Einmal pro Woche geht sie nach oben in unser Zimmer, dunkelblauer Hausanzug, klappernder Schlüsselbund in der Hand, den Inhalt einer ganzen Deoflasche unter den Armen, und wenn ich zufällig auch da bin, fragt sie mich, ob ich Aoife und sie nicht eine Weile allein lassen kann, ein halbes Stündchen nur, bitte. Dabei wäre ich sowieso aus dem Zimmer gegangen, denn in dem kleinen Raum ist es auch ohne sie schon eng genug.

Und still genug.

Jedes Mal sitzen sie dann da drin und ich weiß nicht, was sie tun, außer *gar nichts*, und es dringt auch kein Geräusch nach unten. Stattdessen kommt manchmal meine Mutter zu mir in die Küche und fragt als Erstes, ob die Feldmann wieder oben ist, und als Zweites, ob die Feldmann denn auch irgendwann wieder gehen will, vielleicht sogar schon in der übernächsten Minute.

Ich glaube, sie ist ein bisschen beleidigt und ärgert sich darüber, dass Aoife von jemand anderem als ihr Hilfe bekommt. Vielleicht hat sie auch Angst davor, dass Regina Feldmann sie für eine schlechte Mutter hält. Aber so oder so, ich kann ihre Fragen nicht beantworten und sage ihr auch nichts von dem halben Stündchen, sondern zucke einfach nur mit den Schultern und schaue dann woandershin.

Alles, was ich weiß, ist, dass Aoife nichts sagt.

Und dass ihr jemand dabei zuhört.

10

Manchmal kriechen die Erinnerungen direkt durch die Nase. Man riecht ein Parfüm mit Geschirrspülmittel-Zitrusnote oder ein warmes gewürztes Essen oder die spezielle Süßigkeitenmischung in einem kleinen Laden, ein bisschen Schokolade, ein bisschen Pfefferminzkaugummi, Lakritz, und dann erinnert man sich an etwas: an einen Menschen oder an einen Ort oder irgendetwas anderes, das längst vorüber ist, und diese Erinnerungen sind dann so warm wie das gewürzte Essen und so traurig wie ein kleines Mädchen mit irischer Sportkleidung, beides gleichzeitig.

Granda Eamon hat früher immer gesagt, dass das gar keine Erinnerungen sind, weil in Wahrheit alles echt ist und weil das Vergangene in diesen Momenten wirklich da ist. Man hat die Menschen und Orte *herbeigerochen,* sie sind zurückgekehrt, jedenfalls für den Moment, und man soll ihm erst einmal etwas anderes beweisen.

Und als ich an diesem stürmischen Samstag im April den Ostseewind auf der Haut spüre und ihn sogar riechen kann, da ist mein Zuhause zum ersten Mal wieder da, es ist kein Ostseewind, es ist *irischer Wind,* und alles stimmt, die Windstärke und diese warme Sorte Kälte und wie weich die Luft ist, alles fühlt sich genau irisch an.

Der Wind ist Dublin.

Und Dublin weht mich an, weht um mich herum, umzingelt mich, es bringt meine Haare durcheinander und die meisten meiner Gedanken, Dublin riecht nach Samstag und Stille und Velgower Baumblüten, nach gewaschener Wäsche und nach Kartoffeln, Fleisch, Gemüse, nach einer-einzigen-Zigarette-nur, die zwischen zwei Großvaterfingern klemmt, nach Frühlingswärme mit kühlen Streifen und einfach nur nach Wind.

Und jetzt ist dieser Wind in meiner Nase und in meinem Kopf und auf meiner Haut, aber ich kann ihn nicht festhalten, so sehr ich es auch versuche. Was mich am Anfang noch froh gemacht hat, bringt mich jetzt fast zum Weinen, ich greife nach dem Wind und wie Sand rinnt er mir durch die Finger, nur viel leichter, viel weicher, und irgendwann reicht es mir und ich denke, wenn mir der Wind mein Zuhause nicht zurückgibt, dann vielleicht das Meer.

Obwohl es hier keins gibt.

Keins, das zählt.

»Wenn du willst, kannst du mein Fahrrad nehmen«, sagt die deutsche Großmutter und ruft mir, als ich schon auf dem Weg in den Schuppen bin, hinterher: »Auch die Ostsee ist das Meer.«

Als könnte sie meine Gedanken lesen.

Es klingt fast wie eine Drohung.

Und vielleicht stimmt sie ja sogar, die Sache mit der Ostsee und dem Meer, aber was auf jeden Fall nicht stimmt, ist, dass das Fahrrad meiner Großmutter ein richtiges Fahrrad ist. Es ist ein uraltes klappriges Klappfahrrad mit winzigen Reifen ohne Luft, der Rahmen ist hellgrün und rostig, der schwarze Sattel schief, und auf einem abgeblätterten Streifen Silberfolie steht schwarz: *Mifa*. Ich merke gleich, dass wir gut zusammenpassen, Mifa und ich, wir sind beide wackelig und fremd.

Beide gehören wir nicht hierher.

Ich pumpe die Reifen auf, wische den Staub vom Sattel und fahre quietschend und klappernd los, durch all den irischen Ostseewind und über viele Meter Thälmannstraße, komme aber trotzdem nur bis zum alten Kindergarten, dann machen meine Beine nicht mehr mit. Die Lunge hat schon ein paar Meter vor *Schwabes feinste Backwaren* aufgegeben, und auch Mifa sieht so aus, als würde sie mich auf gar keinen Fall noch einen einzigen Millimeter tragen wollen. Es ist wirklich nicht einfach, mit diesem klapprigen Fahrrad voranzukommen.

Unsere Fahrt geht erst weiter, als uns Regina Feldmann mit Nordic-Walking-Stöcken entgegenkommt. Sie trägt ein verschwitztes Lächeln im Gesicht und am Körper ihren blauen Hausanzug, der offenbar auch als Sportkleidung taugt. Und weil es nicht sein kann, dass sie sportlich ist und ich nicht, trete ich wieder in die Pedalen, grüße die Nachbarin mit einem kurzen Nicken und fahre ihr rostgrün davon, ungeheuer langsam, ungeheuer quietschend, aber ab jetzt ohne Pausen, immer weiter und weiter die Straße aus dem Dorf hinaus und weiter und weiter, an Angelina Wuttkes Getreidesilo vorbei und an den maisgrünen und weizengrünen Feldern, bis ich dann rechts in einen Kiefernwald einbiege und auf dem Schleichweg lande, den mir der deutsche Großvater vom Auto aus gezeigt hat.

Es wird schlagartig dunkler, dunkelgrün.

Der irische Wind in den Baumwipfeln.

Vögel.

Flügelschläge.

Kein richtiger Weg, nur Platten aus Beton.

Der deutsche Großvater hat gesagt, dass die Platten schon

seit fünfzig Jahren hier liegen und dass sie mittlerweile zerbrochen und kreuz und quer verschoben sind, er hat gesagt, dass er lieber nicht wissen will, wie viele Fahrradreifen und Mittelfußknochen der holprige Weg schon auf dem Gewissen hat.

Aber ich komme trotzdem voran, hoch und runter, hoch, quietschend, klappernd, so lahm wie ein alter Postbote, und beim Fahren rufe ich Wörter in den Wald, die ich in letzter Zeit oder erst heute gelernt habe, Mittagessenwörter, Fahrradwörter:

Broiler,

Kapernklopse,

VEB Mifa-Werk Sangerhausen,

und weit über mir das schwankende Kieferngrün, unten die kaputten Betonplatten, überall Nadelduft, Harzgeruch, Vogelstimmen in den höchsten Tönen, und alles bleibt so lange bei mir, bis die Welt wieder heller wird und ich durch ein Dorf komme, das mich an den Velgower Kindergarten erinnert, denn es sieht sehr dichtgemacht aus.

Die meisten Häuser sind unbewohnt, auch die rote Kirche scheint niemand zu brauchen, obwohl sie schöner ist als unsere grauen Kirchen in Irland. Es ist ein leerer, windiger Nachmittag, irgendwo bellt ein Hund, und ganz in der Nähe sitzt eine alte Frau auf einer Bank und holt einen Apfel aus ihrer Schürzentasche, wischt ihn am lila Schürzenstoff ab, beißt hinein. *HO Fleisch- und Wurstwaren* steht vergilbt an einem Backsteinhaus und *Haus der Mode* an einer Bretterbude, auch sie scheint schon lange nichts mehr im Angebot zu haben, sie ist ja noch nicht mal ein Haus, und später ein Getreidefeld, in der Ferne ein Wald aus Windrädern und jetzt wieder ein Wald aus Kiefern, dunkel und kalt, danach kommt das nächste Dorf, das weniger leer und weniger vergessen ist, auch hier eine rote Kirche, Kopfsteinpflaster, Möwentöne, Menschentöne, Häuser grau und gelb, ein Wäldchen wieder, Kiefernduft, und dann, plötzlich, die Dünen, der Sand.

Dahinter das Meer.

11

Ruhig schwappen die kurzen Wellen über meine nackten Füße und machen immer nur die gleichen Töne, keine, für die man das Radio lauter stellen würde, weiche, wässrige, langweilige Geräusche, nur manchmal, da kommen die Wellen durcheinander, ein Platschen, ein kleiner Knall, als würde jemand mit der Hand auf die Wellen schlagen, und dann wieder die alte Leier, kurze kalte Wellen, die sich wie eine durchsichtige Haut über meine Füße schieben und es sich gleich wieder anders überlegen, vor und zurück, vor und zurück. Im Wasser schwimmen Algenteile und Muschelgrit, eine Möwenfeder, vor, zurück, ansonsten ist die See ganz klar, nicht so trüb wie das Stückchen Meer zu Hause am Seapoint, wo alles grau ist, die Steinplatten am Ufer und die alten, badenden Männer und vor allem dieses Wasser, in dem man nichts und niemanden erkennen kann. Aber Granda Eamon und ich haben so lange geübt, bis wir uns trotzdem unter Wasser gesehen haben, sogar frühmorgens im Dämmerlicht und immer ohne Umrisse.

Hier sieht das Meer so klar und langweilig aus, dass es ein Kinderspiel wäre, sich da unten zu erkennen, gleich auf den ersten Blick, und oben gibt es immer noch die Wellen, jede Welle ist ein Hund, der mich aufmuntern will und der nicht kapiert hat, dass es sinnlos ist, immer wieder rennt ein neuer auf mich zu und stupst mich mit der nassen Nase an, ein wasserblaues

Meer, Blau mit Grau, vor allem Blau, vor allem Wasserblau, das falscheste Meer von allen, zurück, vor, zurück, ich sehe die Wellen und denke an den Sandstrand auf Achill Island, der letztes Jahr vom Atlantik zurückgespült wurde. Der Strand war vor über dreißig Jahren vom Sturm verschluckt worden wie die Geldkarten meiner Mutter vom Bankautomaten, und letztes Jahr hat ihn ein anderer Sturm wieder ausgespuckt, eine gute Tat des Nordwinds, tonnenweise Sand auf der Felsküste, dreihundert Meter Strand.

Jetzt stehe ich hier und hoffe, dass mir der Ostseewind mein Zuhause zurückspült, mit jeder Welle warte ich, mit jedem Zurück und mit jedem Vor, der Wind ist immer noch irisch, also klappt es vielleicht.

Vielleicht.

Und da begreife ich es.

Es dauert eine Weile, aber dann ist alles klar.

Die Ostsee wird mir Irland *nicht* vor die Füße spülen, kein einziges Haus, kein einziges Familienmitglied, nichts. Und als ich das kapiere, fange ich an, die Wellen zu treten und sie mit dem Fuß und mit aller Kraft zurückzustoßen, ich brülle sie alle ins Meer zurück, jede einzelne, ich trete mein Alleinsein in die Wellen und Aoifes Stummsein und alles, bis es sich endlich in Wassertropfen aufgelöst hat, bis meine Klamotten nass sind, der Pullover und die hochgekrempelte Jeans, ich schreie alle todlangweiligen Dörfer ins Meer und die lauten Fahrten im Schulbus, das harte deutsche Brot und die harten deutschen Sofas und dass es in Velgow keinen einzigen Laden gibt, denn der Schwabe-Bäcker zählt ja nicht, und dass es nicht mal eine winzige Tankstelle mit Tankstellenladen und *Penny Sweets* gibt, *Germany, I hate ye!*, donnere und wüte ich und verfluche jeden einzelnen Tag in diesem fremdartigen Land, *I hate ye, bloody Ostsee!*, brülle ich und trete immer noch gegen die Wellen, die mittlerweile lauwarm sind, zerschreie dieses Gähnen aus Wasser und aus Sand, zerschreie mein Heimweh und die leeren Wochenenden und all die unfreundlichen Kassiererinnen im Kaufhallen-Supermarkt und dass sich mittlerweile keine meiner Freundinnen mehr freiwillig bei mir meldet, Maire nicht, Aisling nicht, und dass mir meine irischen Großeltern die ganze Zeit aus dem Weg telefonieren, *Auch die Ostsee ist das Meer!*, brülle ich, ich brülle und brülle und brülle und weiß nicht, warum ich dann aufhöre zu schreien und zu treten, warum ich schlagartig still werde und mich blitzschnell umdrehe.

In den Dünen sitzt Levin und sieht mir seelenruhig zu.

Ob ich ihm den Hals umdrehen will?

Ja.

12

Wir sitzen nebeneinander im Sand, er sagt nichts, ich sage nichts, keiner hier weiß, wer beleidigter sein müsste, wer einen größeren Grund zum Beleidigtsein hat, er oder ich, obwohl *ich* es bin, das müsste ihm klar sein. Levin ist so barfuß wie ich, und er hat sich auch die Jeans hochgekrempelt, vier Beine nebeneinander und zwei davon sind mit Gänsehaut paniert und mit Sand. Auf seinem nicht mehr schwarzen T-Shirt steht heute *Iron Maiden,* rote Buchstaben mit weißem Rand, darunter eine Art Monster mit schlechten, aber spitzen Zähnen. Der Wind pfeift und ein paar Möwen schreien, nicht mal die Ostsee ist beleidigt, sie macht einfach weiter mit ihrem einschläfernden Geplätscher.

Nur wir sind still.

Und wenn das hier ein Gespräch sein soll, dann könnte man sagen: *It's going arseways,* das hat mir immer gefallen, arschwärts, und plötzlich sagt Levin doch etwas, nämlich: »Was?«

Oh Gott.

Ich habe es aus Versehen laut ausgesprochen.

Arschwärts.

Ich könnte Levin erklären, wie oft man in meinem Land »arse« sagt und dass man, wenn man nur einmal die Grafton Street entlanggeht von vorne bis hinten, alle paar Schritte jemanden »Me arse!« rufen hört, ich könnte ihm all unsere Schimpfwörter erklären von eins bis fünf Milliarden, aber stattdessen drehe ich meinen Kopf zu ihm und frage ihn einfach nur: »Hast du etwa noch nie einen schlechten Tag gehabt?«

Levin überlegt eine Weile und antwortet dann: »Nein. Noch nie. Mir geht's immer gut. Ich schreie auch nie und trete keine unschuldigen Meere. Aber danke, dass du endlich mal fragst.«

Ich strecke meinen Arm aus und schlage ihm leicht mit dem Handrücken gegen seinen Oberarm, Levin macht das Gleiche bei mir, aber ohne mich anzusehen, ganz schnell, wie ein Roboter. Ich glaube, dass wir ab da beide nicht mehr beleidigt sind, auch wenn wir erst mal nicht mehr reden, sondern einfach nur dasitzen und stumm auf die Ostsee starren.

»Und arschwärts?«, fragt Levin nach einer Weile.

»Was?«

»Das Wort. Und wieso.«

Man muss zugeben, dass damit alles gesagt ist, das Wort, wieso, und ich zucke mit den Schultern und antworte: »Sagen sie so bei uns. Also, in Irland. *It went arseways*. Wenn etwas schiefgegangen ist. Man kann aber auch andere Sachen sagen. Ganz ohne arse.«

»Die anderen Sachen kann man immerhin auch im Restaurant rufen. Oder auf Familienfeiern. Arschwärts nicht.«

Es stimmt nicht, was Levin behauptet, aber ich verrate ihm lieber nicht, was man bei uns alles in Restaurants oder auf Familienfeiern sagt, und ich muss es auch gar nicht, denn Levin hat sich schon wieder eine neue Frage ausgedacht: »Und was geht bei dir alles schief?«

»Na, ungefähr alles. Ich will nach Hause. Das hier, das ist *nothing*.«

Bei »das hier« habe ich auf die Ostsee und den Strand und

aus Versehen auch auf Levin gezeigt, aber er hat es wahrscheinlich nicht gemerkt.

»Es muss doch irgendwas geben, das dich an zu Hause erinnert«, sagt er. »Das kann doch gar nicht anders sein, wie wär's zum Beispiel mit diesem Meer hier?«, und ich denke: Erzähl ihm nichts vom Wind, erzähl ihm bloß nichts vom irischen Ostseewind, und tatsächlich, Gott sei Dank, ich erwähne den Wind mit keiner Silbe und sage: »Vielleicht das vorletzte Dorf, bevor das Meer kommt. Das Dorf mit den vielen leeren Häusern. Das ist zwar nicht wie zu Hause, aber ein bisschen wie Irland.«

»Wie Irland?«

Levin sieht mich ungläubig an, und ich glaube mir ja selber nicht, Dublin und das vorletzte Dorf sind sich so ähnlich wie Aoife und Regina Feldmann. Trotzdem ist dieser kleine Ort der erste, der mir in den Sinn kommt, weil er mich an die Siedlung meiner Tante Catriona in Longford erinnert, und ich erzähle Levin von den ganzen schönen neu gebauten Häusern dort und auch anderswo in Irland, ein paar Leute sind da noch eingezogen, kurz vor Aoifes Geburt, aber dann kam die Finanzkrise, also lange vor der Finanzkrise meiner Eltern, und danach ist dort keiner mehr eingezogen, in den meisten Häusern hat noch nie jemand gewohnt und sie gammeln vor sich hin und Auntie Catriona wohnt irgendwo dazwischen und geht vor Einsamkeit ein.

Levin schüttelt den Kopf. »Das ist anders«, sagt er. »Anders als im ... also, sozusagen ... im vorletzten Dorf. In den leeren Häusern dort hat immerhin mal jemand gewohnt. Richtig echte Menschen. Die sind nur alle weggezogen. Ihr habt da übrigens irgendwas falsch verstanden. Man zieht nicht in diese Gegend, niemand macht das. Wenn überhaupt, zieht man hier weg.«

Dann schweigen wir eine Weile und ich frage mich, ob es wirklich einen Unterschied macht, *wieso* ein Haus leer ist: Ob es leer steht, weil jemand nicht mehr oder gar nicht erst drin wohnen will, und vielleicht ist das ja das Gleiche, ein leeres Haus ist ein leeres Haus, fertig.

»Entschuldigung«, sagt Levin und ich habe keine Ahnung, wofür.

»Was meinst du?«

»Ich –«

Dann komme ich von selbst drauf. »Dass niemand in diese Gegend zieht. Dass wir was *verwechselt* haben. Stimmt. Ohne dich hätten wir das nie gemerkt. Ich sag meiner Mutter Bescheid, dann können wir bald wieder zurück nach Dublin ziehen. Danke für die schnelle Hilfe.«

Levin hört mir zu, lässt mich noch ein paar Sätze mehr reden und fällt mir dann ins Wort. »*Ich* wohne übrigens im vorletzten Dorf.«

»Oh.«

»In dem grauen Haus, gleich rechts neben der Kirche.«

»Oh.«

Levin winkt ab, sagt aber nichts. Überhaupt scheinen ihm die Worte langsam auszugehen, er erklärt mir noch ein paar Pflanzen, nennt mir komische Namen für Steine, dann fängt er zu schweigen an, obwohl er genau jetzt nach meinem Plan fragen und mir seine Hilfe anbieten könnte. Aber er denkt gar nicht dran und ist ganz still.

Wenn man zu lange nebeneinandersitzt, ohne etwas zu sagen, und wenn die Person, die neben einem die Füße immer tiefer in den Sand gräbt, zufällig ein Junge ist, an den man immer mal gedacht hat, auch wenn es jedes Mal nur fünf Sekunden waren, dann wird es irgendwann peinlich.

Sehr peinlich.

Ich höre mich viel zu laut atmen und entdecke einen winzigen Spinatfleck auf meiner Hose, *mach was!*, bete ich zum Ostseegott und zu jedem anderen Gott, der gerade Dienst hat, *save me!*, flehe ich mit klopfendem Herzen, und wie es der Ostseegott oder ein anderer Gott will, macht sich ausgerechnet jetzt Levins Mobile Phone mit drei Gitarrentönen bemerkbar. Er zieht es hastig aus der Hosentasche, atmet jetzt auch etwas lauter, liest eine Nachricht und springt auf.

Levin ist so dünn wie Dünengras.

Sein Shirt so dunkel wie Heimweh.

Zappelnd steht er vor mir, reibt und schlägt sich den Sand von den Händen, er will etwas sagen, irgendwas, das ihm ums Verrecken nicht einzufallen scheint, also lässt er es bleiben und stapft einfach davon. Aber dann hält er an, bleibt ein paar Sekunden mit dem Rücken zu mir stehen und dreht sich noch mal um.

Nicht etwa, um mir doch noch einen Abschiedsgruß zuzurufen.

Auch nicht, um sich für seine Unhöflichkeit zu entschuldigen.

Nein, er sagt etwas vollkommen anderes, er sagt nur ein einziges Wort, aber eines, das ich ziemlich gut kenne, er sagt: »Emma.«

Dann verschwindet er endgültig und lässt mich zurück mit dem kleinen warmen Gefühl, das sich einstellt, wenn dich jemand zum ersten Mal mit deinem Namen angesprochen hat.

13

Als Levin weg ist, grabe ich meine Hände in den Sand, der weich und kalt ist, meine Hände sind Wurzeln und stecken fest im Boden, Kälte, Körnchen, kleine, kleinste Steine überall, das erste Mal seit Monaten habe ich das Gefühl, wirklich hier zu sein, der Sand und ich, wir gehören zusammen.

Wir sind beide anwesend.

Für immer könnte ich in diesen Dünen sitzen und mir vorstellen, dass ich hier hingehöre, verwachsen mit dem hellen Sand und oben mit dem Ostseewind, meine Hosenbeine sind immer noch nass, die Augen voll mit Windtränen und dem Bild von einem dünnen Jungen, der langsam verschwindet. Was mich wieder zurückholt in diesen Nachmittag und in mein echtes Leben ist etwas Glänzendes direkt neben mir im Sand, dort, wo noch Levins Abdruck zu sehen ist. Das weiche Gefühl ist plötzlich weg.

Levin hat seine Schlüssel im Sand vergessen.

Und ich habe ein Problem.

Eine Weile bleibe ich noch sitzen und versuche zu vergessen, dass ich den Schlüsselbund gesehen habe, aber keine Chance, er glänzt neben mir im Sand, bleibt minutenlang so liegen, bis ich ihn in die Hand nehme: ein dicker Schlüsselring, daran drei Schlüssel und ein Anhänger mit der Aufschrift *utsches Meeresmuseum*, Plastik, ein schmutziges Blau, eine abgebrochene Ecke, der Anhänger sieht alt aus, und nein, es hilft nichts, ich muss los, Levin wird seine Schlüssel schon vermissen.

Das Mifa-Fahrrad muss mich ins vorletzte Dorf bringen.

Es hat sich lange genug ausgeruht.

Der Weg ist länger geworden, der Wind stärker und Mifa schwächer. Ich habe Sand in den Knochen und komme schlecht voran, die wankenden Bäume, der wehende Fischgeruch, spitze Möwenschreie, drei, vier, fünf nacheinander, in meiner Hosentasche der Schlüsselbund, der mich nach unten zieht. Über mir knarren und quietschen die Äste, ich fahre durch den Geruch von Blättern und Zapfen und Kiefernnadeln, und als ich im vorletzten Dorf ankomme, da weiß ich auf einmal hundertprozentig, dass es nicht egal ist.

Ich meine: *Warum* ein Haus leer steht.

Und ob es jemals voll gewesen ist.

Man kann es den Gärten ansehen, dass sich mal jemand darin gesonnt hat, vor hundert oder vor fünf Jahren. Auf einer Wiese liegt eine umgekippte Plastikrutsche, von der früher bestimmt haufenweise Kinder gefallen sind, gelb und rot hängt eine Schaukel an einem Baum und wird vom Wind hin und her bewegt wie in Gruselfilmen, an einer Mauer lehnt ein rostiges Fahrrad. Ein paar Häuser im Dorf sehen löchrig aus, kaputte Fensterscheiben, gelblicher Gardinenstoff, Ziegelsteine, die hinter dem abgebröckelten Putz zum Vorschein kommen, nur hier und da stehen sauber verputzte Häuser, die die Farben von Eissorten tragen, *Butter Pecan, Salted Caramel, Mango*. An den Häusern hängen Blumenkästen, es gibt Spuren von echten Menschen: Autos mit Kindersitzen, Mülltonnen, gemähter Rasen, eine Zeitung, die oben aus einem Briefkasten herausguckt.

Rechts neben der Kirche steht Levins Haus.

Ohne Löcher.

Grau wie ein Schimmelfladen auf einer vergessenen Schüssel Eiscreme.

Ich kann mich einfach nicht daran gewöhnen, dass die Türen hier keinen Schlitz haben, in den man die Post wirft. Immerhin hat Levins Haus eine Klingel, auch wenn ich mir nicht mehr sicher bin, ob ich sie auch benutzen will, mein Herz klopft, ich will hier nicht sein und ich sage leise die Pflanzenwörter auf, die ich heute gelernt habe,

Kartoffelrosen,

Knabenkraut,

Grasnelke,

meine Socken sind nass und kalt, meine Hosenbeine sind nass und kalt, mein ganzes Leben ist jetzt nass und kalt, ich will nirgendwo sein, ich will –

Da reißt jemand die Tür auf.

Da kräht im Dorf ein stark verspäteter Hahn.

Da werde ich ins Haus gezogen.

14

Die Frau, deren Hand meinen Unterarm umkrallt, scheint sich länger nicht die Fingernägel geschnitten zu haben und ist nicht besonders groß, dafür aber besonders dünn. Ihre Haare sind dunkelblond und kurz und fransig, sie trägt eine übertrieben bunte Strickjacke und zieht mich durch den langen Flur, dessen Wände mit Bücherregalen zugestellt sind, Bücher, überall Bücher, dann zerrt sie mich weiter, bis wir in einem Zimmer ankommen, dessen Wände auch zugestellt sind, nämlich mit mehr Aquarien, als ich je in meinem Leben gesehen habe. Grün und blau leuchten sie mich an, alles bewegt sich, die Pflanzen und die Fische, und ein bisschen sieht es aus, als wären die Aquarien auch nur lauter Bücherregale, aus denen ab und zu mal jemand einen Fisch herausholt, um darin zu blättern.

Erst jetzt sehe ich Levin.

Seine Angst, sein entsetztes Gesicht.

Weiter hinten stehen noch ein älterer Junge, wahrscheinlich Levins Bruder, und ein Mann, der der Vater der beiden sein muss.

»Mama«, sagt Levin, ohne mich zu begrüßen.

»Mama, komm mit«, sagt er. »Bitte. Ich bring dich nach oben.«

Aber seine Mutter achtet gar nicht auf ihn, sondern fragt mich: »Ist es zutreffend, dass du von draußen kommst? Dort gibt es Gift.«

»Von draußen, ja, irgendwie ja. Und Gift hab ich keins gesehen«, antworte ich und verstehe überhaupt nichts mehr.

»Dich kenn ich nicht. Du bist mir nicht bekannt. Du kommst von wo genau?«

»Dublin. Ich komme genau aus Dublin.«

Levins Mutter hat ein weißgraues Gesicht, in dem ich ihren Sohn nicht wiedererkennen kann, ihr ganzer Körper scheint mit Unruhe gefüllt zu sein, Hände, Füße, Kopf und alles dazwischen, sogar ihre Haare beben irgendwie. Sie flüstert: »Dublin, das ist etwas Hochgefährliches. Überall Mikrofone und Kameras.«

»Keine Ahnung«, sage ich. »Ich war schon seit vier Monaten nicht mehr da.«

Ich erwarte gar nicht erst, dass sie etwas Vernünftiges dazu sagt, ihr Gesicht ist viel zu stark geschminkt, die Wimperntusche ist verschmiert, Levins Mutter riecht nach Schweiß und hat einen ängstlichen Blick, der mir keine Angst macht, obwohl er sich in meinen eigenen Blick bohrt. Sie sagt: »Das ist lange. Das ist sehr, sehr lange.«

Da weiß ich es.

Da verstehe ich, dass sie der erste Mensch ist, der es begriffen hat, vielleicht nur aus Versehen, aber trotzdem. Sie ist der erste Mensch, der nicht sagt: Ach, vier Monate, das ist noch gar nichts, du wirst dich bestimmt noch einleben hier.

Levin und sein Bruder scheinen aufgegeben zu haben, beide stehen jetzt einfach nur da, mit hängenden Armen, hängenden Köpfen, und sie sagen nichts mehr. Auch der Vater ist still, aber er kommt mir ohnehin nicht wie ein großer Redner vor.

»Aber das Heimweh. Mädchen. Das Heimweh. Beschreib mir das Heimweh in übersichtlichen Sätzen.«

Ich überlege gar nicht erst, ich fange einfach zu reden an, ausgerechnet zu einer Wildfremden mit verwischter Schminke sage ich: »Also, in der Brust ist es eng und ganz schwer, man kann gar nicht richtig atmen, und trotzdem ist die Welt draußen weit und irgendwie riesengroß, man kann einfach kein Ende sehen, man kann überhaupt nichts sehen, das ist ja das Blöde, und es ist auch alles nicht echt hier, es fühlt sich an, als spielt man das nur: mit dem Schulbus fahren, im Unterricht sitzen, Teebeutel mit Bändchen benutzen, das ist gar nicht mein Leben, das spiele ich alles nur. Ich bin hier, aber ich bin gar nicht hier.«

Obwohl die Sätze nicht gerade übersichtlich sind, hört mir Levins Mutter genau zu und nickt alle paar Wörter so ernst und verständnisvoll wie früher unser Arzt in Mount Merrion, wenn ich ihm gesagt habe, wo es beim Einatmen wehtut und seit wann ich Bauchschmerzen habe und über welche Wurzel ich gestolpert bin, nur dass sie dabei ganz aufgeregt wirkt und die Augen die ganze Zeit hin und her bewegt, »aha«, sagt sie, und »genau, ja, genau so«, so als würde sie wissen, wie sich mein Heimweh anfühlt und welches Medikament sie mir gleich verschreiben muss.

Sie verschreibt mir aber nichts, sondern sagt feierlich und mit erhobenem Zeigefinger: »Heimat ist da, wo man verstanden wird. Und wo einen keiner vergiftet.«

Hei-mat.

Dieses Wort.

Zwei Sekunden.

Für meine Deutschlehrerin in *St. Kilian's* ist das Wort ein Glücksfall, so hat sie es gesagt, und angeblich gibt es in keiner anderen Sprache eines, das die Sache so gut trifft, auch »home« nicht, obwohl es so kurz wie ein Ausatmen ist und höchstens eine Sekunde dauert und in Irland auch so wichtig wie Atmen ist, denn es kommt in jedem zweiten Lied vor.

Für meine Mutter sieht die Sache schon anders aus, für meine Mutter ist »Heimat« ein Wort, das kein Mensch braucht, sie selbst braucht es zurzeit auf alle Fälle nicht, denn ich glaube, dass sie irgendwo *dazwischen* ist, eingequetscht zwischen ihren Heimaten.

»Wo man verstanden wird«, wiederhole ich, das Gift lasse ich vorsichtshalber weg, und ich weiß nicht, ob es wie eine Frage klingt, aber eins weiß ich: dass auch mich jemand verstanden hat, zweimal, vorhin und jetzt. Dann halte ich meinen Zeigefinger an ein Aquarium, an ein winziges Fischmaul, und sage gar nichts mehr, sehe mir einfach die Fische an, die ihre Farben durchs Wasser tragen, ihre Bewegung beruhigt mich, das Licht, die Leichtigkeit, ich müsste längst zu Hause sein.

Aber Levins Mutter hat jetzt lange genug geschwiegen.

Sie fängt wieder zu reden an.

»Was mir entschieden fehlt, ist die Sanftmut«, flüstert sie und krallt ihre Fingernägel noch mal in meinen Arm, aber diesmal so fest, dass ich aufstöhne.

»So, und jetzt aufgepasst! Siehst du die Fische?«, fragt sie.

Ich nicke, weil ich schließlich nichts anderes als Fische sehe, überall Flossen und Farben, und ich frage: »Sind das ... elektrische Fische?«, ich weiß selbst nicht, wieso, aber seit ich den seltsamen Namen auf Levins Mappe gelesen habe, muss ich manchmal daran denken.

»Elektrische?«

Levins Mutter lässt meinen Arm los, winkt ab und hebt dann den Zeigefinger. »Mädchen, wo denkst du hin! Ich müsste sie aus Südamerika holen, ich müsste sie in Afrika besorgen, eigenhändig, und die verstecken sich tagsüber und kommen nur zu nachtschlafender Zeit heraus, im Dunkeln können sie sich nämlich hervorragend orientieren, jedenfalls: Erkennst du die Aquarien, sind sie hier in irgendeiner Weise für dich zu sehen?«

»Wie, was? Na klar.«

»Einverstanden«, sagt Levins Mutter zufrieden und wirkt dabei trotzdem zerfahren. »Dann kann ich es dir jetzt sagen. Du verstehst das. Direkt hinter den Aquarien, da wohnt ... gleich hinter den Aquarien, da wohnt ... aller Richtigkeit nach ... meine echte Familie.«

Ich merke, dass meine Hosenbeine immer noch nass sind, kalt und schwer kleben sie auf meiner Haut.

Ich merke, dass ich lange nichts gegessen habe.

Mir ist ein bisschen schlecht, ich habe keine Kraft mehr in den Beinen, nur noch lauter halbmondförmige Fingernagelschmerzen im Unterarm, immer noch. Also zähle ich in Gedanken schnell noch ein paar andere Wörter auf, die ich gelernt habe, Namen von Dingen, die angeblich am Strand herumliegen:

Hühnergott,

Donnerkeil,

Bernsteinauge.

»Und die da« – Levins Mutter zeigt auf Levin und die anderen – »die da halten mich hier bloß gefangen. Die kannst du getrost wieder vergessen. Das da sind die Falschen. Hinter den Fischen sind die Richtigen. Da muss ich hin. Hinter die Fische.«

Ich schaue zu Levin, der mir jetzt direkt ins Gesicht sieht, mit einem Blick, der alles Mögliche bedeuten kann, *Verzeihung!* oder *Warum bist du auch hergekommen?* oder *Bring mich weg von hier!* oder etwas vollkommen anderes, oder all diese Dinge auf einmal, und etwas ist anders geworden.

Ich bin anders geworden.

Denn ich habe angefangen, mich vor Levins Mutter zu fürchten, ihren Worten, ihren stechenden Fingernägeln und ihrem stechenden Blick.

Und endlich sagt Levin etwas, aber es passt überhaupt nicht, er sagt: »Komm, Emma, ich stell dir meinen Bruder vor, also, das ist Ole«, aber seine Mutter redet einfach weiter, viel lauter als er, sie redet und redet, nur dass ich sie mittlerweile fast nicht mehr verstehen kann, weil sie die meisten Silben verschluckt und seltsame Dinge sagt, sie spricht und zerkaut und verschlingt ihre Sprache und alles verschwimmt, ihre Worte und die Fische, ihre offenen, beleidigten Mäuler, das Licht und die Wasserpflanzen, die Zeit mit Levin am Strand und mein Heimweh der letzten Monate, alles flackert vor meinen Augen und dröhnt in meinen Ohren, *stop it, please!*, flüstere ich, *stop it, will ye!*, rufe ich lauter, und dann wird es dunkel, weil ich Levins Schlüssel fallen lasse und mir mit jeder Hand ein Ohr und ein Auge zuhalte, es passt auf den Millimeter genau, es wird dunkel und still und ich bin endlich gerettet.

Nur getröstet fühle ich mich nicht.

Nicht mehr.

15

Das Schlimme an Lirs Kindern ist, dass ihre böse Stiefmutter ausgerechnet Aoife heißen muss, aber meine Schwester hat das nie gestört, im Gegenteil, sie ist beinahe stolz darauf. Immerhin kennt fast jeder in Irland diese alte Legende und fast alle haben Aoifes Namen schon einmal laut gesagt, wenn sie in der Schule von Lir erzählen mussten und seinen vier Kindern, die von ihrer Stiefmutter in schneeweiße Schwäne verwandelt wurden und wunderschön singen konnten. Jeder, der diesen Gesang zu hören bekam, war blitzschnell getröstet, und am Ende waren es ziemlich viele blitzschnell Getröstete, weil die Schwäne neunhundert Jahre am Leben blieben und von See zu See zu See zogen und sangen und sangen.

Die einzigen Untröstlichen waren sie selbst.

Die einzigen Untröstlichen sind Aoife, meine Mutter und ich.

Die Tage im Haus der Großeltern sind leer, aber ein wenig heller als im Januar. Neu ist, dass Dara Mitglied der Dorfjugend geworden ist, auch wenn es die Jugend *mehrerer* Dörfer ist, die Dörferjugend, die sich in einer alten Scheune trifft, irgendwo im Nichts. Die Scheune gehört den Eltern eines Jungen, es soll einen richtigen Tresen darin geben und bunte Partybeleuchtung, mehr erzählt uns Dara nicht. Erst als ich ihn nach Angelina Wuttke frage, ist er kurz davor, etwas genauer zu werden, sagt dann aber doch nichts und lacht nur ein bisschen, sodass mich Angelina Wuttke gleich noch mehr interessiert.

Meine Mutter interessiert sich dagegen nur für den Tresen, sie hat Angst, dass Dara wie sein Vater wird und zu viel Alkohol trinkt. Am liebsten würde sie ihn jeden Abend zu Hause einsperren. Sie kann froh sein, dass sie noch nicht gehört hat, was genau in Simon Kamkes Scheune getrunken wird, die ganze Schule redet davon, und das würde sie nicht tun, wenn es nur Störtebeker-Schwarzbier wäre, das trinkt sogar der Großvater jeden Tag. In der Schule reden sie von Wodka mit Red Bull und von Wodka ohne Red Bull und von betrunkenen Jungen im Straßengraben und davon, dass Wodka zusammen mit Red Bull wie Kokain wirkt. Die meisten, die das hören, sind entsetzt und hoffen, dass sie eines Tages in Simon Kamkes Scheunenkreis aufgenommen werden.

Auch Aoife wurde im letzten Monat in einen Kreis aufgenommen, in einen echten Freundeskreis, der aus immerhin einer ganzen Freundin besteht, nämlich der Enkelin von Regina Feldmann, Maja. Zumindest sehen die beiden wie Freundinnen aus, denn Aoife spricht ja immer noch nicht und kann mir nichts über Maja sagen. Trotzdem liegen sie am Wochenende immer im Garten und machen Spiele auf dem Mobile Phone oder flechten sich gegenseitig Zöpfe. Aoife hat ein Schild an unsere Zimmertür gehängt, auf dem *I'm not a child anymore!* und ihr Name stehen, aber Regina Feldmann kommt immer noch rein und hört meiner Schwester beim Stummsein zu. Aoife weint nicht mehr so oft wie am Anfang, aber ich glaube nicht, dass das viel zu sagen hat oder dass sie jetzt glücklicher ist oder angekommen, nein. Es bedeutet einfach nur, dass sie sparsam mit ihren Tränen umgehen muss, weil sie die meisten schon geweint hat.

Die deutschen Großeltern lassen sich nichts anmerken, glücklich sehen sie aber nicht aus. Auch jetzt, nach vier Monaten, weiß ich nicht, ob wir sie hier stören, weil wir ihnen zum Beispiel die stickige Luft wegatmen oder das harte Brot wegessen oder das ganze Leben wegleben. Zu meinen Geschwistern und mir sind sie so freundlich, wie auch Fremde freundlich sein können, und manchmal streicht die Großmutter Aoife über den Kopf oder packt uns Schokolade in die Schulrucksäcke und steht dafür extra früher auf. Manchmal ist sie ein bisschen freundlicher als eine freundliche Fremde.

Und nie würde der neue Großvater mit mir schwimmen gehen, vor allem nicht im Dunkeln, da bin ich mir sicher. Sein Bauch wird nur selten bewegt, schwer hängt er über dem Hosenbund nach unten und verdeckt die Gürtelschnalle. Der Großvater ist zorniger als seine Frau, der Zorn sitzt in ihm drin und fährt ihm als Falten die Stirn entlang, sein Zorn ist ganz leise, aber immer da. Ich weiß nicht, ob es immer noch wegen meiner Mutter ist, die vor zwanzig Jahren nach Irland gegangen und einfach dortgeblieben ist und heimlich geheiratet hat. Die Schwestern meiner Mutter sind auch weggegangen, nach Rostock und nach Hamburg, aber nicht als Au-pair und auch nicht für immer.

Oder für ein anderes, näheres Immer.

Kein Problem also.

An manchen Abenden höre ich die Großeltern mit meiner Mutter streiten. Sie sitzen dann in der Küche und reden lauter und schneller und ich weiß jedes Mal, dass es um *alles* geht, nämlich um das ganze Leben meiner Mutter und darum, dass sie den falschen Mann und das falsche Land geheiratet hat und dass sich niemand im Dorf darüber wundert, dass sie wieder hier ist, kein Einziger, sie haben ja alles mitgekriegt damals, und meine Mutter ruft dann meistens, dass sie bald einen Job findet und dass es das dann gewesen ist, *Schluss, aus, vorbei!* Die Sache hat nur einen winzigen Haken, und der Haken ist, dass meine Mutter bis jetzt noch keine einzige Bewerbung geschrieben hat und dass sie glaubt, dass sie sowieso niemand einstellen wird, nicht mit ihrer mickrigen irischen Ausbildung, die eigentlich gar keine war.

Nicht mehr in diesem Leben.

Und überhaupt.

Wenn sie sich mit ihren Eltern streitet und ich abends noch mal kurz ins Bad muss, gehöre ich endgültig nicht hierher. Wenn ich an solchen Abenden im Bad stehe, habe ich Angst, das Waschbecken zu benutzen, die Seife, ein Handtuch. Ich fühle mich wie ein Eindringling und trockne mir die Hände am Schlafanzug ab.

Manchmal sehe ich meine Mutter auf dem Weg vom Schulbus nach Hause in *Schwabes feinste Backwaren* sitzen, dem einzigen Laden weit und breit; sie sitzt alleine an einem Tisch, hält sich mit beiden Händen an einer Tasse fest, hat die Augen geschlossen und inhaliert den deutschen Brotduft, den sie zwanzig Jahre vermisst hat. Es ist Anfang Mai und in Irland sagen sie Sommer dazu, aber hier ist immer noch Frühling, obwohl ich schon zwei Sonnenbrände und viele Tage ohne Jacke hatte, und so leben wir hier, die Straßen sind staubig und leer und das Weizengelb leuchtet immer noch weizengrün, nachts liegt kein feines rotes Tuch auf dem schwarzen Himmel wie zu Hause in Dublin, die Nacht ist finster wie die Nacht und der Tag hier ist einfach nur hell, meistens jedenfalls, und Wäsche flattert im Wind, Hunde bellen, der Fleischwarenbus hupt, aber die aufgemalten Hühnerkeulen werden auch dadurch nicht schöner.

Himmel, Erde, dazwischen ein großes, weites Garnichts.

Der Einzige, der mir helfen kann, ist Levin.

Der Einzige, der mir helfen kann, redet schon wieder nicht mit mir.

16

Nachdem sich Levins Mutter an diesem einen Samstagabend bei mir vorgestellt hatte, bin ich einfach weggerannt, aus dem Zimmer mit den Aquarien und den Fischen und der Familie hinter den Fischen, weggerannt aus dem langen Bücherflur und dem schimmelgrauen Haus, weg von den ganzen erschrockenen Blicken und vor allem von Levins Mutter, um dann mit dem Mifa-Rad aus dem vorletzten Dorf wegzufahren, das auf dem Rückweg zum Glück das letzte war, und alle paar Meter abwechselnd *Stop it!* zu brüllen und laut Levins Schlüsselbund zu verfluchen. Ohne die Schlüssel wäre mir das alles nicht passiert und ich hätte mich ganz bestimmt nicht so blamiert.

Und nicht so gefürchtet.

Schon vor dem Haus meiner Großeltern hat mir alles leidgetan und ich war froh, dass es nach acht war und meine Mutter meine Erinnerungen mit lauten Vorwürfen übertönen konnte.

Die gute Erinnerung.

Und die andere.

Seitdem ist Levin verschwunden, selbst dann, wenn er in meiner Nähe steht. In der Woche nach meinem nicht gelungenen Besuch ist er sogar tagelang nicht in der Schule gewesen, vielleicht habe nicht nur ich mich geschämt. Wie ein richtiges Wiedersehen hat es sich erst angefühlt, als ich Wochen später mit dem Großvater und meiner Mutter im Kaufhallen-Supermarkt in der Schlange an der Kasse stand, wie immer ohne *Cadbury*-Schokolade und zum ersten Mal genau hinter Levin und Ole.

Und ihrer Mutter.

Nachdem Levin und ich uns zunicken und meine Ohren und Wangen heiß werden konnten, musste sich ausgerechnet meine eigene Mutter einmischen, »Henrike«, hat sie zu Levins Mutter gesagt, »sag mal, wie lang ist das eigentlich her?« Aber die Angesprochene hat sie nur angeguckt, unglaublich müde und mit irgendwie verschwommenen Augen, sodass meine Mutter gleich noch sagen musste, »Aber ich bin's doch, Sonja, früher Sonja Reincke, Sonja aus Velgow, ich bin's doch«, und genauso gut hätte sie einen Vortrag über die Pflege von Obstbäumen halten können, Levins Mutter schien jedenfalls überhaupt nicht interessiert, auch an mir nicht und schon gar nicht am Rest der Welt. Statt meine Mutter zu erkennen, hat sie Ole zugeflüstert: »Ich versteh nicht ganz. Wo gehn wir denn hin?«, und als er gesagt hat, »Nach Hause«, hat sie sich ein bisschen mehr am Einkaufswagen festgehalten und dann erstaunlich laut gestöhnt, »Ach, immer nach Hause«.

Das ganze restliche Wochenende hat meine Mutter den Kopf geschüttelt und ständig von dieser Henrike erzählt und dass jede Schule jemanden wie sie hat, eine, die die Schönste und Klügste und Was-auch-immerste ist, und ich habe einfach nicht kapiert, von wem sie die ganze Zeit redet. Levins Mutter ist klein und hat einen steifen Körper, ob sie klug ist, weiß ich nicht. Aber meine Mutter hat darauf bestanden, dass alle damals so sein wollten wie Henrike und dass alle Jungs hinter ihr her waren, obwohl sie wussten, dass sie sich nur für Fische interessiert und ganz groß

Karriere machen wollte, und ich habe mich gefragt, was das für eine Karriere sein soll, wenn sie *hinter* den Fischen stattfindet.

Levins Mutter war anders gewesen als bei unserer ersten Begegnung, und mir fällt das Wort »niedergeschlagen« ein, weil es die Sache ausnahmsweise mal genau trifft. Denn so kam mir Levins Mutter vor: als hätte sie jemand niedergeschlagen, mit einer einzigen Handbewegung, und als würde sie jetzt am Boden liegen, ohne Kraft und ohne Wachsein und fast ohne Worte.

Die ganze Zeit gehen Levin und ich uns aus dem Weg, wir nicken uns einfach nur zu wie ernsthafte Erwachsene, nichts weiter, und wahrscheinlich würde keiner in der Klasse darauf kommen, dass ich schon mal bei ihm zu Hause war. Und eines Tages schnappe ich mir Mifa und fahre zum ersten Mal seit der Begegnung mit Levins Mutter und den Aquarien wieder an den Strand, lasse das hellgrüne Klappfahrrad über den Betonplattenweg krachen und quietschen und denke die ganze Zeit, dass es mir egal ist, wenn ich Levin oder seine Mutter im vorletzten Dorf neben der nutzlosen Kirche sehe, oder am Strand, oder sonst wo.

Ich weiß, dass das gelogen ist.

Es ist mir nicht egal.

Denn ich wünsche mir sogar, Levin zu sehen.

Doch ich kann ihn nirgends entdecken. Im Sand sitzt ein altes Ehepaar mit schlecht verteilter Sonnencreme auf zwei rosa leuchtenden Rücken, eine Frau zieht ihr Kind durchs flache Wasser, in der Luft kreisen Möwen, Kormorane sitzen auf Holzpfählen und breiten ihre schwarzen Flügel aus, fliegen aber nicht los. Dass ich zum ersten Mal richtig in die Ostsee gehe und nicht nur mit den Füßen gegen die Wellen trete, liegt nicht nur an meinem *St.-Kilian's*-Badeanzug, den ich vorsichtshalber unter meine Klamotten gezogen habe, es liegt auch daran, dass ich vom Wasser aus den Strand besser sehen kann und alle, die ihn vielleicht noch besuchen werden. Vom Wasser aus ist der Strand das Meer, ein gelbes Meer mit einem Horizont aus Sanddorn und Ginsterbüschen.

In der Ostsee zu sein fühlt sich an, als würde ich Granda Eamon verraten; es fühlt sich an, als hätte ich heimlich ein Ersatzmeer gefunden, mit Wellen, die sich auch ohne meinen Granda bewegen; es fühlt sich an, als würde ich gleich mein ganzes Zuhause verraten. Aber seltsamerweise stört mich das jetzt nicht, ich wische das Gefühl mit den Händen ins Wasser, weil ich mit anderem beschäftigt bin.

Mit Warten.

Und als ich nach einer Weile verstanden habe, dass Levin heute nicht mehr kommen wird, lasse ich den Strand wieder den Strand sein und das Meer das Meer, ich drehe mich um, sehe ganz hinten die kleinen Segelboote, Haifischzähne am Horizont, und fange endlich an zu schwimmen, schwimme zum ersten Mal in der Ostsee, schwimme weit raus. Das Wasser ist viel wärmer als am Seapoint und viel grüner, weicher, und in der Ferne höre ich auch nicht das Dröhnen der *DART*-Schnellbahn, die Richtung Bray fährt, *this train is for Bray, your attention please, the next station is Seapoint!*, es gibt nur noch das Meer und den Strand und den unbeweglichen Himmel, es gibt nur noch meine Arme und meine Beine.

Möwenquietschen, Möwenflattern, Möwenkreischen.

Das kleinste Meer von allen.

Und endlich tauche ich unter.

17

Dann ist Levins Plan plötzlich fertig und ich erfahre ausgerechnet im Matheunterricht davon. Es kommt überraschend, obwohl ich nicht aufgehört habe, darüber nachzudenken, wie ich aus Velgow verschwinden könnte. Um nach Irland zu kommen, muss ich zwei Meere überwinden und vorher und dazwischen viele Meilen Land und viele Meilen Alleinsein, ich glaube immer weniger, dass das zu schaffen ist. Außerdem kann ich irgendwie nicht weg von hier, nicht, solange Aoife stumm ist, auf gar keinen Fall.

Genau jetzt, im Matheunterricht, kommt Levin also mit seinem Plan um die Ecke und ich merke es noch nicht mal, zumindest nicht am Anfang. Ich habe mich längst wieder daran gewöhnt, dass er mir ausweicht, nur an Mathematik kann ich mich nicht gewöhnen, an die Gleichungen und Ungleichungen, an all die Terme und Lösungsmengen, deswegen schaue ich aus dem Fenster in den rapsgelben Mai, den verstehe ich.

Der Mathelehrer, der immer etwas durcheinander wirkt, hat eine Gleichung an die Tafel geschrieben und dabei zwei Kreidestücke zerbrochen. Als er sich umdreht, sehe ich weißen Staub auf seinem dunklen Hemd, er spricht mit uns, als wäre er ein menschliches Lehrbuch, und sagt langsam und abgehackt zur Klasse: »Zeige den Lösungsweg auf. Freiwillige?«

Wie immer meldet sich keiner, und wie immer macht er seinen schlechten Witz: »So viele Hände. Wirklich! Ich kann mich gar nicht entscheiden!«

Es soll locker klingen, zeigt aber nur, dass unser Lehrer möglichst nicht zum Fernsehmoderator umschulen sollte.

Und dann, na ja.

Dann gibt es doch einen Freiwilligen.

Einen, der sich wahrscheinlich noch nie in Mathe gemeldet hat.

Einen, auf dessen T-Shirt *Megadeth* steht, darunter ein Totenkopf mit Schlips und Kragen, fast zum Fürchten.

Dass Levin sich in Mathe meldet, ist etwas so Besonderes, dass auch die anderen ihre Arbeiten unterbrechen: Zettel schreiben, mit dem Banknachbarn reden, Strichmännchen malen.

Und dann fängt er zu reden an.

Nur dass in seiner Rede Wörter wie *ausmultiplizieren* und *Variable* anfangs gar nicht vorkommen. Stattdessen sagt Levin: »Als Erstes muss man irgendwie nach Belgien kommen, Zeebrugge, das sind neun Stunden mit dem Auto, Trampen wäre aber blöd, dann die Nachtfähre nach Hull, das ist der knifflige Teil, denn wie kommt man jetzt auf die Fähre, aber vielleicht hab ich eine Lösung und –«

An dieser Stelle schaltet sich der Lehrer ein, er schüttelt den Kopf und sagt: »Levin, ich versteh nicht –«

Aber Levin kümmert sich gar nicht um ihn und macht einfach weiter, auch wenn ihm die Stimme immer wieder wegbricht, »die Fahrt dauert lang, die ganze Nacht schätzungsweise, das ist ewig, dann wieder Auto, ab nach Holyhead oder Liverpool, das ist variabel, und dann ein letztes Mal die Fähre, die fährt aber zum Glück nach Dublin.«

Obwohl Levin das Wort *variabel* besonders laut ausgesprochen hat, sieht unser Mathelehrer nicht begeistert aus und verlangt von ihm, dass er nach der Stunde zu ihm kommt. Jemand schmeißt eine Papierkugel nach Levin, einige in der Klasse lachen, manche sehen einfach nur verwundert aus, keiner merkt, dass ein einziges Herz in der Klasse gerade ganz leicht geworden ist und dass ein einziger Mensch in dieser Klasse Levins Lösungsweg begriffen hat.

Und Levins Mut.

18

Levin und ich sitzen auf Aoifes Schulhof, der mit unserem Hof verbunden ist, ganz still ist es hier und fast leer, auf der Tischtennisplatte zwei Möwen, die Köpfe weiß wie Tischtennisbälle. Unsere Schule drüben ist alt, neunzehnhundertachtundsiebzig, Betonplatten. Meine Mutter war schon hier, Levins Mutter auch, und Aoifes Schule wurde vor ein paar Jahren dazugebaut, vielleicht hundert Meter entfernt. Sie hat einen Teil vom Hof abbekommen, was auch die alten, potthässlichen Blumenkübel erklärt. Dabei sieht es hier nicht mehr so schrecklich aus wie im Januar, in den Blumenkübeln blüht es wild durcheinander und die Sonne lässt den grauen Boden glänzen.

Es ist mir peinlich, nach Levins Plan zu fragen, nach seinem Lösungsweg und den Variablen, meine Ohren glühen immer noch. Also frage ich, was man auf einem Schulhof eben so fragt: »Kannst du mir jetzt bitte mal sagen, was elektrische Fische sind? Und dann noch, was deine Mutter damit zu tun hat?«

Levin antwortet so schnell, wie man auf einem Schulhof eben so antwortet: »Die haben Organe, mit denen sie Strom erzeugen können.«

»Wait, like ...electric eels?«

Levin lacht mich an, und erst jetzt merke ich, dass ich das auf Englisch gesagt habe, es passiert mir immer wieder: Manchmal sprechen meine Sprachen miteinander.

»Klingt anders als das Englisch, das du neulich ins Meer geschrien hast«, sagt er. »Wenn du Englisch sprichst, bist du ein ganz anderer Mensch. Kommt mir jedenfalls so vor. Aber Zitteraale meint meine Mutter schon mal nicht, obwohl die auch dazugehören. Die sind ja ziemlich elektrisch. Aber viel zu brutal.«

Als er das gesagt hat, fängt sein rechtes Bein zu zucken an, er hält es fest, kämpft, verdreht die Augen und sieht aus wie die schrecklichen Gestalten, die er auf seinen T-Shirts herumträgt. Irgendwann ist der Kampf beendet, sein Bein zuckt nicht mehr und Levin tut so, als wäre nichts geschehen. Aber vor uns sind zwei kleine Schüler stehen geblieben und starren erschrocken auf Levins Bein.

»Keine Sorge«, sage ich zu ihnen. »Sein Bein wird manchmal zum Zitteraal. Bei Vollmond.«

Als die Jungen weitergegangen sind, sehe ich Levin an. »So. Und welche elektrischen Fische meint deine Mutter dann?«

Er sagt eine Weile nichts, dann fragt er: »Kannst du dir vorstellen, was sie früher war? Vor ihrer Krankheit? Fischforscherin. Damals hat sie in Stralsund gearbeitet, im Meeresmuseum, und weißt du, was das Verrückte ist?«

Ich sage lieber nicht: *deine Mutter?*, und Levin macht auch gleich weiter: »Das Verrückte ist, dass ihr Beruf, dass das, was sie mal war, Ichthyologin heißt. Fischforscherin. *Ich*-Tyologin. Und das Ich meiner Mutter ist ja, na ja, es ist ... und die elektrischen Fische, die sie meint, die können elektrischen Strom erzeugen, genau wie die Zitteraale, klar, aber nur, damit sie sich orientieren und ihre Artgenossen finden können, vor allem in trüben Gewässern. Die können sich mit diesen Fischen sogar verständigen. Durch die Stromstöße. Die führen richtige Gespräche.

Die erkennen sich, egal, wie trüb das Wasser ist. Meiner Mutter gefällt das irgendwie.«

»Und die gelbe Mappe? Die früher mal die *Ethik*-Mappe war?«

Levin winkt ab. »Sie will, dass ich wissenschaftliche Artikel für sie sammle. Artikel, die irgendwelche Forscher über dieses Thema geschrieben haben. Tut so, als ob sie die liest. Macht sie aber nicht. Früher, vor der Krankheit, hat sie mit einer Doktorarbeit angefangen. Ging dann nicht mehr. Die Artikel ... sie glaubt, dass sie die in Wirklichkeit alle selber geschrieben hat.«

»Was? Wie kann sie denn so was denken? Man weiß doch, was man geschrieben hat. Und was nicht.«

»Sie kann *alles* denken«, sagt Levin etwas leiser. »Einfach alles. Das habe ich in den letzten Jahren kapiert.«

Dann sagen wir beide eine Weile nichts. Ein paar Schüler aus Aoifes Schule kommen vorbei, aber meine Schwester ist nicht dabei. Es riecht nach gekochten Kartoffeln und nach irgendeinem Gemüse, so wie eigentlich immer, und wieder finde ich es seltsam, dass die Kinder ihr Dinner schon am Mittag bekommen.

»Danke übrigens«, sage ich endlich zu Levin, und dann noch mal: »Danke.«

Levin wird rot. »Ich bin noch nicht ganz fertig«, sagt er. »Die Fahrt nach Zeebrugge. Da bin ich noch dran. Aber ich weiß schon, wie du auf die Fähre kommst. Wir müssten das aber vorher üben. Ich sag dir Bescheid, wenn es so weit ist.«

»Ich bin auch noch nicht ganz fertig. Ich kann hier erst weg, wenn meine kleine Schwester wieder spricht. Vorher geht das einfach nicht. Aoife, also, sie redet nicht mehr seit –«

»Ich weiß«, sagt Levin. »Seit damals. Seit *Affe*.«

Es überrascht mich, wie genau er damals zugehört hat, und ich weiß nicht, ob es mir gefällt.

»Ja, seit *Affe*. Seit *Affe* schreibt sie nur noch Zettel. Seit *Affe* haben wir einen unglaublichen Papierverbrauch. Zum Glück gibt es in Deutschland so viele Bäume. In Irland wären die vielen Zettel nicht drin gewesen. Aoife hätte längst wieder sprechen müssen.«

Und dann reden wir immer weiter, aber Levins Mutter kommt in unserem Gespräch nicht mehr vor, wir reden um sie herum, reden rechts und links an ihr vorbei und ich sage Levin nicht, wie sehr ich mich neulich vor ihr gefürchtet habe.

Vielleicht würde mich Levin verstehen und gleichzeitig nicht verstehen, denn sie ist ja immerhin noch seine Mutter, obwohl sie das nicht so gerne zugibt. Ich weiß noch, wie meine Freundinnen früher über meine eigene Mutter gelacht haben, über ihren deutschen Akzent und die falschen Wörter, die sie benutzte. Ich war sieben oder acht Jahre alt und habe mitgelacht und mich gleichzeitig schlecht gefühlt, weil mir meine Mutter leidgetan hat. Wenn meine Freundinnen über sie gelacht und sie korrigiert haben, hat sie mit hängenden Armen dagestanden und ganz sonderbar gelächelt, traurig, hilflos, wie eine verloren gegangene Fremde.

Jahrelang habe ich nicht daran gedacht und mich erst wieder daran erinnert, als ich hier im Englischunterricht einen Abschnitt aus *The Call of the Wild* vorlesen sollte und immer mehr Leute gelacht haben, bis meine Lehrerin eingeschritten ist und gesagt hat, dass man in Irland eben anders Englisch spricht, dunkler und mit einigen seltsamen Wörtern und ohne ein richtiges *th* und ohne den Mund richtig aufzumachen, und dass die

Schüler das bitte akzeptieren, aber um Himmels willen nicht nachmachen sollen. Da, plötzlich, ist mir meine Mutter wieder eingefallen, ihr deutscher Akzent, das Lachen meiner Freundinnen, und ich habe etwas verstanden.

Ich habe kapiert, dass man auf einiges gefasst sein muss, wenn man seine Sprache an einen weit entfernten Ort trägt.

19

Man muss auch auf einiges gefasst sein, wenn man seine Kinder an einen weit entfernten Ort trägt, manche von ihnen sind eines Tages einfach verschwunden oder stehen sturzbetrunken vor der Haustür, *full as a bingo bus*.

Als die erste Sache passiert, bin ich froh, dass ich den Plan habe, er hilft mir dabei, nicht verrückt zu werden.

Kurz nach Levins Lösungsweg geht Aoife verloren, einen ganzen Tag lang und bis zum späten Abend, als es praktischerweise jeder im Dorf weiß, jeder einzelne, einmal Thälmannstraße hin und zurück.

Es geschieht an einem Samstag, und noch am Morgen beim Frühstück wäre ich nicht darauf gekommen, dass meine kleine Schwester zwar keine Stimme, aber dafür einen richtigen Plan hat. Sie macht harmlose Cornflakesgeräusche, sie schlürft, wenn sie einen Schluck Tee trinkt, sie lässt sich nichts anmerken. Weil sie nicht mehr spricht, kann sie auch nicht singen, nichts, kein einziges Lied.

Keine einzige Zeile.

Eine Schwester voller Schweigen.

Die meiste Zeit ist Aoife ohne mich verschwunden, ich erfahre erst davon, als ich am Abend vom Schwimmen zurückkomme. Schon als ich mit Mifa und meinen nassen Salzhaaren durch

Velgow fahre, ist alles anders im Dorf, es sind ein paar mehr Leute unterwegs als sonst, und manche sehen mich mitleidig an, andere schütteln leicht den Kopf, jemand fragt mich: »Gibt es schon etwas Neues?« Nichts davon kann ich verstehen. Vor dem Haus der Großeltern sehe ich dann Regina Feldmann in Dunkelblau und einen Polizeiwagen, auch in Blau, zumindest teilweise. Drinnen reden die Großeltern mit zwei Polizisten und ich kann genau erkennen, dass die Großmutter geweint hat. Dara läuft in der Küche auf und ab und erklärt mir aufgeregt, dass Aoife weg ist.

Die Einzige, die ganz ruhig ist, ist meine Mutter.

Sie sitzt reglos auf der dritten Stufe der Treppe, die nach oben führt, und starrt dort in aller Ruhe vor sich hin. Als ich mich vor sie hinhocke, ändert sie ihre Blickrichtung und guckt an mir vorbei, was kompliziert aussieht und bestimmt viel schwieriger ist, als mich einfach nur anzuschauen. Und ich denke, dass sie so also aussieht, wenn eins ihrer Kinder verschwunden ist: viel zu ruhig und ganz ohne Tränen.

Genau jetzt fallen mir auch die Gerüchte ein, die es vor zwei Jahren in unserem Stadtteil Mount Merrion gab, wild in die Gegend gestreut von der *Oatlands Primary School*. In den Gerüchten ging es um einen angeblichen Entführer, der Schulkindern auflauerte, und irgendwann sprachen so viele Leute davon, dass sich die *Garda*-Station aus Blackrock einschaltete und erklärte, dass es keinen einzigen Hinweis auf einen Schulkinder-Entführer gab, und irgendwann war der Spuk einfach wieder vorbei. Aber für meine Mutter war das damals kaum auszuhalten, die Angst und alles, und sie sagte uns immer wieder, dass sie keine Ahnung hätte, was sie tun würde, wenn einer von uns verschwindet, und dass es das Schlimmste für sie wäre.

Irgendwann wird mir die Gleichgültigkeit meiner Mutter zu viel und ich stehe aus der Hocke auf, gehe langsam nach draußen, höre aber noch, wie sie mir kraftlos und leise hinterherruft: »Und bring bitte das Fahrrad in den Schuppen. Lass es nicht draußen stehen.«

Sie weiß es noch nicht.

Ich auch nicht.

Aber etwas Besseres kann sie gar nicht sagen.

Es dauert dann noch eine Weile, bis ich Aoife im dunklen Schuppen entdeckte. Sie hat sich im hinteren Bereich ein Lager eingerichtet und ist zusammengerollt eingeschlafen, ein kleines Knäuel aus dunklen Locken und dunkelblondem Plüschtierfell. Meine Schwester muss den ganzen Tag im Schuppen gewesen sein, direkt vor der Nase von allen anderen.

Ich frage mich, wie sich das anfühlt: wenn man gerufen und gerufen wird und man zurückrufen will und wenn einem dann einfällt, dass man, ach ja, dass man dummerweise seit Monaten nicht mehr spricht und auch keinen Zettel nach draußen halten kann, denn Zettel sind leise, Zettel sind klein, wenn man Zettel schreibt, bleibt man stumm und unsichtbar. So zusammengerollt, wie meine kleine Schwester daliegt, sieht sie aber aus wie jemand, der genau das will: immer mehr verschwinden, erst stumm, jetzt unsichtbar, und ich will nicht wissen, was als Nächstes kommt und woher sie die Kraft für alles nimmt.

Aoife.

Als ich sie vorsichtig ins Haus trage, müssen sie weinen, die Großmutter und Regina Feldmann und sogar, ganz still, meine Mutter. Die Tränen laufen ihr über die Wangen wie schmale, durchsichtige Wege, die alle nach unten führen, nur einmal schluchzt sie kurz, aber Aoife kriegt davon nichts mit, sie schläft einfach weiter und in ihrem Schlaf ist sie immer noch verschwunden, keiner von uns kann sie finden.

20

Eine Woche später schläft mein Bruder Dara dann auch, sogar siebzehn Stunden am Stück. Aber vorher muss er sich noch auf dem Kiesweg vorm Haus übergeben, genau dort, wo es Aoife auch schon mal passiert ist, es scheint ein guter Platz dafür zu sein. Mitten in der Nacht kommt Dara völlig betrunken vor dem Haus der Großeltern an und singt nicht, das ist schon mal der erste Unterschied zu meinem Vater, und er hämmert auch nicht gegen die Tür und bringt uns polternd irgendwelche Neuigkeiten ins Zimmer, die kein Mensch wissen will. Er ist fast still, aber die wenigen Geräusche, die er macht, als ihm Simon Kamkes Wodkagemisch in ganz neuer Farbe aus dem Mund fließt, wecken uns trotzdem auf.

Meine Mutter ist außer sich.

Meine Mutter ist ein fremdes, wildes Wesen.

Dabei weiß sie das meiste noch gar nicht, als sie meinem schönen Bruder Dara das hässlich verschmierte Gesicht sauber wischt. Sie weiß nicht, dass ihn kein einziger seiner Wodka-und-Red-Bull-Freunde nach Hause gebracht hat, sondern dass er stundenlang nach Velgow getorkelt ist, ganz allein, und sie weiß auch noch nicht, was sich am Montag darauf alle in der Schule erzählen werden: dass Simon Kamkes Dörferjugend Dara betrunken gemacht hat, weil mein Bruder einfach nie mitgetrunken hat, keinen Tropfen, nur dieses eine Mal, unfreiwillig, und da waren es dann leider genau zwei Tropfen zu viel.

Das alles weiß meine Mutter noch nicht, als sie an Dara herumwischt und herumrüttelt und dabei immer wieder *Buddelbroder* oder *Sprietkopp* oder *Suupbüdel* schreit, keine Ahnung, was sie damit sagen will, und einmal brüllt sie »Nicht du auch noch!«, und hier weiß ich, was sie sagen will, und die ganze Nachbarschaft, die sich gerade erst von Aoifes Verschwinden erholt hat, die ganze Nachbarschaft weiß es auch.

Obwohl meine Mutter noch nie irgendjemanden von uns geschlagen hat, fängt sie an, auf Daras Schulter einzuboxen, und dabei schreit und weint sie so lange, bis der Großvater sie von Dara wegreißt. Die Großmutter steht neben mir, im Schlafanzug, so wie fast alle hier, aber ihrer ist von allen Schlafanzügen der hellgrünste und altmodischste. Und sie sagt etwas zu mir, das sie wahrscheinlich schon die ganze Zeit mal zu irgendjemandem sagen wollte: wie verrückt es ist, vor dem Alkohol wegzurennen und dann ausgerechnet in diesen Teil der Welt zu ziehen.

Nach Mecklenburg-Vorpommern.

Dann flüstert sie noch »Dumm Tüch«, und ich verstehe schon wieder nichts, ich begreife nur, dass sich meine Mutter immer noch nicht beruhigt hat.

Das kann sie lange nicht, auch nicht die nächsten Tage. Aber ganz anders als nach Aoifes Unsichtbarsein ist sie fast lebendig, zumindest auf eine gewisse Art und vielleicht zum allerersten Mal seit unserem Umzug nach Velgow.

Man kann meine Mutter hören.

Man kann sie klar und deutlich hören.

Man kann endlich sehen, dass sie beweglich ist, dass sie nicht immer nur herumsitzt. Und das muss reichen, mehr Gutes gibt es an der Sache nicht.

Denn die Stimmung im Haus ist seitdem noch schlechter als ohnehin schon, und eigentlich wäre jetzt die beste Zeit, um Levins Plan umzusetzen und von hier fortzugehen, noch schlimmer kann es für meine Mutter sowieso nicht mehr werden. Aber erstens kann ich hier erst weg, wenn meine Schwester wieder spricht, vorher nicht. Und auch wenn Regina Feldmann nicht aufgibt und wahrscheinlich schon mehr Sorten Aoife-Schweigen kennt als wir alle zusammen, bleibt meine Schwester ohne Ton. Zweitens will Levin mit mir üben, heimlich auf die Fähre zu kommen, bis jetzt habe ich keine Ahnung, wie das gehen soll.

Abends liege ich auf meiner Matratze und überlege, was ich nach all den Monaten am meisten vermisse.

Und wen.

Ich vermisse Granda Eamon und Nana Catherine, und ich weiß schon jetzt, dass sie nicht begeistert sein werden, wenn ich plötzlich vor ihrer Tür stehe. Aber ich weiß auch, dass sie mich nicht wieder zurückschicken können. Das geht einfach nicht, nicht nach dem langen, anstrengenden Weg, den sich Levin ausgedacht hat. Ich vermisse die großen Zwei-Liter-Milchkanister, in denen die Milch nach genau einer Woche flockig ist, ich vermisse gepolsterte Platzdeckchen und meine Freundinnen Maire und Aisling und sogar den durch die Nachbarschaft schlurfenden Anthony Murray, ich vermisse das Eingangsschild unserer Straße, diesen großen, hellen Stein, auf dem in schwarzen Buchstaben *Goırtín na Sılíní* steht: *Cherrygarth*, ich vermisse es, auf der Straße jemanden zu treffen, den ich noch von früher kenne, ich vermisse den weiten Schulweg von Cherrygarth bis *St. Kilian's*, ich vermisse den 14c-Bus Richtung Zentrum, ich vermisse meine Mutter, wie sie früher war. Und eines Abends liege ich auf der Matratze und merke etwas. Etwas, wofür ich mich schäme. Ich merke, dass der Einzige, den ich nicht vermisse, mein Vater ist.

21

Meine Mutter, wie sie früher war.

Meine Mutter, wie sie früher war, hat eine Strichliste geführt. Auf der Liste stand, wo Bono, der Sänger der Band U2, angeblich schon mal von normalsterblichen Menschen getroffen wurde, in Dublin und drumherum. Auf der Liste am Kühlschrank gab es zweiundzwanzig Striche hinter »Stood beside Bono at the urinals in Temple Bar«, es waren also zweiundzwanzig rein männliche Striche, sonst wären die Leute hinter den Strichen nie in die Männertoilette reingekommen.

Außerdem gab es noch Striche für Menschen, die Bono im Cabrio auf der N31 oder vor den alten *Windmill Lane Studios* oder in Dalkey oder Killiney oder an allen möglichen Orten gesehen haben wollen, meistens wahrscheinlich nur im Traum.

Kurz nach Aoifes Geburt hat meine Mutter aufgehört, die Liste zu führen, und ich überlege, ob ich ihr vorschlagen soll, jetzt lieber eine *Wo wurde Regina-Feldmann gesehen*-Liste anzufangen, denn Bono wird in Velgow vermutlich niemand zu Gesicht kriegen, nicht mal auf der Männertoilette vom *Meerkrug*.

Regina Feldmann lohnt sich da viel mehr.

Denn sie ist überall.

Fünfhundert Striche für Regina Feldmann.

Meine Mutter, wie sie früher war, hat oft gelacht und mit uns *Bananas in Pyjamas* geguckt. Sie hat nie von ihren Eltern erzählt und am liebsten *Bewley's White Hot Chocolate* getrunken und gern irische Flüche ins Deutsche übersetzt, zum Beispiel: Deine Todesanzeige soll mit Wieselpisse geschrieben sein.

Meine Mutter, wie sie jetzt ist, führt keine Listen mehr. Aber sie führt manchmal Selbstgespräche und hat seit Januar schätzungsweise zweihundert Tassen Kaffee schwarz-und-mit-Zucker bei *Schwabes feinste Backwaren* getrunken. Ein einziges Mal war sie beim Friseur in einem der Nachbardörfer, *Salon Jeannette*, und wurde dort zu blonden Strähnchen überredet, über die sie sich monatelang geärgert hat. Meine Mutter, wie sie jetzt ist, macht keine Witze mehr und erst recht keine Anstalten, irgendwas Sinnvolles zu tun. Meiner Mutter, wie sie jetzt ist, könnte ich auf gar keinen Fall sagen, dass ich dringend wieder nach Hause muss.

Meine Mutter, wie sie früher war, hätte es vielleicht verstanden.

Wer kann das wissen.

Es ist Anfang Juli und dort, wo ich hinwill, fällt schon lange kein Regen mehr. In Irland ist es heiß wie nie, fast keiner macht mehr Barbecues, Anordnung der Fire Brigade, Ausführung freiwillig. In Limerick ist ein Mann im Shannon ertrunken und in der Irischen See ist der Lion's mane jellyfish diesmal größer als sonst. Wenn man Heimweh hat, liest man sogar die *Irish Times*.

Dabei könnte ich einfach die *Ostsee-Zeitung* lesen, denn Regen gibt es auch in Velgow nicht, nicht einen Tropfen. Es ist so heiß, dass ich jeden Nachmittag im Schatten vorm Haus sitze, was immer noch besser ist, als oben in unserem stickigen Zimmer zu sein. Ich schreibe Nachrichten oder sehe Regina Feldmann bei ihrer schnaufenden Arbeit im Vorgarten zu. Manchmal rennen Aoife und Maja vorbei, Maja übernimmt die Worte.

Und dann kommt dieser Sonntag, eine Woche vor den Sommerferien, an dem ich wieder vorm Haus sitze, an einem meiner vielen Mückenstiche kratze und eine Fahrradklingel höre. Dieser Sonntag, an dem plötzlich Levin vor mir steht, T-Shirt: *Metallica, Master of Puppets,* schwarz, verschwitzt, dieser Sonntag, an dem Levin einen ziemlich umständlichen Schluck aus seiner Wasserflasche nimmt und dann ohne Vorwarnung und ohne mir vorher eine Nachricht geschickt zu haben sagt:

»So, ich bin jetzt so weit. Wenn du willst, können wir losfahren.«

22

Ich lasse Levin eine Viertelstunde warten, weil ich nicht weiß, was ich auf unserem Ausflug anziehen soll. Als ich wieder nach draußen komme, sehe ich Aoife neben Levin auf der Bank sitzen. Sie sagt nichts, natürlich nicht, aber Levin sagt auch nichts, er versucht es gar nicht erst. Still sitzen sie nebeneinander und sehen so gut zusammen aus, so friedlich. Also bewege ich mich nicht, also atme ich nicht, sie sollen noch eine Weile so bleiben.

Aber dann entdeckt mich Aoife, steht auf und geht weg.

Der Zauber ist vorbei.

Und der Zauber beginnt.

Denn Levin fährt mit mir in einen magischen Freizeitpark für glückliche Familien. Er sagt, dass es unbedingt heute sein muss, noch vor den Sommerferien, denn wenn die Ferien losgehen, fährt er in die Berge, weil seine Mutter dort zur Reha sein wird. Levin fährt extra langsam vor mir, ich komme mit Mifa trotzdem kaum hinterher. Er will mit mir üben, auf die Fähre zu kommen, in Zeebrugge und Holyhead muss ich das dann alleine können.

Wir erreichen den Freizeitpark nach vierzig Minuten und nach mehr als vierzig Schweißtropfen und ich merke gleich, dass hier überhaupt nichts magisch ist, es ist ein unglücklicher Freizeitpark für glückliche Familien, am Kassenhäuschen blättert die braune Farbe ab, das blaue C von MAGIC PARK hängt schief, ein verschimmelter Wind weht immer wieder zu uns herüber.

»Was sollen wir hier? Wie alt ist dieser Park eigentlich?«

»Fünfundzwanzig Jahre. Glaub ich. Drinnen sieht es besser aus. Wir waren früher oft hier. Na ja, also: *ganz* früher. Aber egal, wie es hier aussieht, der Park ist perfekt.«

Ich sehe Levin an und bin immer noch außer Atem. »Perfekt. Von wegen!«

»Doch. Perfekt. Der Park hat nämlich keine von diesen Drehtüren, die du nur mit deinem Ticket bewegen kannst. Verstehst du?«

»Kein Wort. Höchstens *Ticket*. Das haben wir im Englischen auch.«

Levin schüttelt den Kopf, ich glaube nicht, dass er mich besonders witzig findet. Wir schließen unsere Fahrräder an, setzen uns auf eine Bank schräg gegenüber vom Kassenhäuschen, und dann fängt Levin an.

»So, Emma Keegan. Es gibt nur eine Möglichkeit. Nur eine, leider. Du musst dich zu einer Familie dazustellen. Zu einer fremden. Du musst so tun, als würdest du dazugehören. Dann kommst du auch rein.«

»Rein? Wo? Hier etwa? Ich will hier gar nicht rein.«

»Ja, hier. Und später in Zeebrugge. So kommst du auf die Fähre. Glaub mir, das müsste funktionieren. Aber du musst vorher üben.«

»You're kidding! Nie im Leben funktioniert das. Die merken das sofort.«

»Doch«, sagt Levin laut und wird dann wieder leiser. »Doch, das funktioniert. Wenn du es geschickt anstellst. Und dafür musst du trainieren.«

Wir sehen beide zum Kassenhäuschen, ein altes Ehepaar steht da mit zwei kleinen pinkfarbenen Kindern, von denen das eine weint und das andere mit der Turnschuhspitze im Kies stochert. Ich muss lachen bei der Vorstellung, mich da dazuzustellen. Mitweinen könnte ich ohne Probleme, aber ob ich mich auch so kleinmachen kann? Ich müsste auf Knien gehen.

Jetzt muss Levin endlich auch ein wenig lachen, vielleicht stellt er sich das Gleiche vor wie ich. Er macht seinen Rucksack auf und holt zwei Flaschen Wasser, zwei völlig zerdrückte Schokoriegel, zwei Äpfel mit braunen Stellen und eine Tüte Erdnüsse heraus. Während wir essen, muss ich an die Bänke zu Hause in Irland denken, die kleinen Schilder auf den Lehnen, die an alle möglichen Leute erinnern sollen: *Dedicated to Deidre and Joseph McBrian who loved to sit here in summer*, und ich frage mich, was später mal auf dieser Bank hier stehen könnte, vielleicht: *Zur Erinnerung an Emma und Levin, die hier schokoladenverschmiert herumsaßen, weil sich Emma zu einer Familie dazustellen musste*? Ich weiß es nicht, aber ich begreife kurz, dass man im Leben manchmal nicht viel mehr braucht als eine alte, muffige Holzbank und dann noch einen anderen Menschen, mit dem man sich gut versteht.

Dann, irgendwann, kommen endlich die Richtigen. Keine Ahnung, ob es eine Familie ist, vielleicht sind es Eltern, die neben ihren eigenen jugendlichen Kindern noch ein paar andere mitgenommen haben. Sie sind so groß, dass ich mich nicht hinknien müsste, immerhin.

Lauter Mädchen.

»Los«, flüstert Levin.

»Jetzt. Genau jetzt. Stell dich unauffällig dazu, geh einfach mit rein.«

»Und wenn ich drin bin?«, flüstere ich zurück. »Was dann? Soll ich mich in eine fahrende Kaffeetasse setzen?«

»Wenn du drin bist, kommst du einfach wieder raus. Wenn du willst, besorg ich dir dann ein Diplom oder so was.«

»Okay«, sage ich, stehe auf und wische mir den Mund sauber, so gut es geht.

Es ist das Einzige, das gut geht.

Ganz langsam bewege ich mich auf die Familie zu, hole mein Mobile Phone aus der Jackentasche, wische darauf herum und stehe irgendwann direkt hinter den Mädchen, die auf die Erwachsenen und die Eintrittskarten warten. Ich stehe so dicht an ihnen dran, dass es gleich kein Problem sein dürfte, einfach mit in den Park zu gehen. Fast habe ich Mitleid mit Levin, weil er glaubt, dass man für so was Übung bräuchte, und –

»Geht's noch?«

Ein Mädchen hat sich ziemlich schnell umgedreht, stößt mich von sich weg und schimpft auf mich ein. »Spinnst du? Was hast du an meinem Rucksack zu suchen? Hau ab, du blöde Kuh!«

Sie hält mich tatsächlich für eine Diebin und ich bin so entsetzt darüber, dass ich mich nicht mehr bewegen kann. Ich habe noch nie etwas geklaut. Ich habe auch noch nie etwas Kriminelles getan. Aber leider scheinen die Mädchen das anders zu sehen, alle haben irgendwas zu sagen, nur die beiden Erwachsenen sagen nichts, sondern schütteln vorwurfsvoll ihre Köpfe. Währenddessen ruft mir die ältere Frau aus dem Kassenhäuschen zu: »Macht, dass ihr verschwindet. Ich beobachte euch schon die ganze Zeit. Ich weiß genau, was ihr vorhabt.«

Ich stelle mir vor, was sie später in Wirklichkeit auf die Bank schreiben werden, auf dem kleinen Messingschild wird stehen: *Hier saßen Bonnie und Clyde und planten auf hinterhältige Weise, glückliche Familien auszurauben,* und niemand wird das Schild je putzen, damit es wieder glänzt, keiner wird sich mit jemandem auf diese Bank setzen und sich heimlich wünschen, später auch mal so glücklich zu sein.

Da höre ich einen Namen.

Meinen.

Levin steht mit unseren Fahrrädern hinter mir und sagt: »Komm.«

Er schafft es nicht, mich dabei anzusehen.

Wir fahren schweigend hintereinanderher, der eine künstlich langsam und vorn, die andere wirklich langsam und ohne Diplom, dafür aber mit einem frischen Hausverbot, das sicher hundert Jahre gültig ist.

»*Ejit*«, sage ich nach vorn.

»Was?«

»*Ejit!*«, rufe ich, ziemlich laut sogar, und Levin fragt über seine Schulter hinweg, was das für ein Wort ist und ob es wieder mit Arsch zu tun hat.

»Ja«, rufe ich und kriege kaum noch Luft. »Das ... hat ... wieder ... mit ... Arsch ... zu ... tun. *Idiot* heißt das ... bei uns. Und ... übrigens ... soll deine ... Todesanzeige ... mit Wieselpisse ... geschrieben sein!«

Levin bleibt still und ich glaube, er ist beleidigt, was ihm aber recht geschieht, denn ich habe mich vorhin wirklich fürchterlich geschämt. Rechts und links, auf den trockenen Stoppelfeldern, wachsen nur Windräder in Weiß und Rot, viele stehen still, nur ein paar drehen sich langsam. Und vielleicht sind es diese wenigen Windräder, die das, was jetzt passiert, in Bewegung bringen, die es immer weiter ankurbeln.

Denn vor mir fängt Levin an zu lachen.

Erst ganz leise, brüchig, mit einem verschwitzten Oberkörperschütteln.

Dann lauter.

Dann laut.

Mit meiner letzten Kraft fahre ich schneller, bis ich endlich neben ihm bin, völlig außer Atem, und sagen kann: »Spinnst du? Was ... fällt ... dir ein? Stop ... it!« Mir wird auf einmal klar, dass meine Mutter leider nur die harmlosen Flüche übersetzt hat.

Levin reißt sich kurz zusammen, aber dann geht es wieder los, er lacht und lacht und fährt dabei Schlangenlinien, sodass ich ihm jedes Mal ausweichen muss, wenn er zu dicht an mich heranfährt. Sein Gesicht ist rot und voller Schweißtropfen, in die jetzt lauter Lachtränentropfen fließen, er sieht so lustig und so froh aus, dass ich plötzlich auch lachen muss, mein Lachen kommt wie ein Husten aus meinem Mund, obwohl ich versuche, es mir zu verkneifen, immer lauter muss ich lachen und fange jetzt auch mit den Schlangenlinien an, sodass ich wieder langsamer werde, um hinter Levin zu fahren, wir lachen unsere Fahrräder nach rechts und wir lachen unsere Fahrräder nach links und würden sicher ein Hausverbot für diese Straße hier bekommen, wenn uns irgendein Polizist sehen würde, sehr lange fahren wir so und genau bis zum Anfang des Panzerplattenweges, wo Levin abbiegen muss, und beim Abschied sagt er mit rot gelachten Augen: »Gut, Emma Keegan, eine Möglichkeit gibt es noch, nächsten Samstag üben wir noch mal, Samstag ist der letzte Tag, danach fahren wir leider«, und ich sage mit rot gelachtem Herzen: »Ja, Samstag, na gut, wenn es unbedingt sein muss, okay, einverstanden, ja.«

23

»Ja«, sagt meine Mutter und meint damit: *Nein*. Sie meint, dass wir in den Sommerferien *nicht* für ein paar Wochen nach Dublin fliegen, auch nicht für ein paar Tage, mit Ja meint sie, dass wir in Velgow bleiben müssen, bestimmt meint sie: *Ja, weint ruhig, mir doch egal, ich hab schließlich Gründe dafür.*

Sie hat Gründe dafür.

Sogar jede Menge.

Grund Nummer eins ist das fehlende Geld. Die Flüge würde sie vielleicht noch bezahlen können, aber kein Hotelzimmer für sich, und dass sie nicht bei Granda Eamon und Nana Catherine wohnen kann, dürfte uns allen wohl klar sein. Sie scheint vergessen zu haben, dass sie in Dublin auch ein paar Freunde hatte, und bei einigen könnte sie bestimmt übernachten.

Trotzdem gibt es ja noch Grund Nummer zwei, und Grund Nummer zwei ist, dass meine Mutter ungefähr nach ihrer zweihundertdreißigsten Tasse Kaffee-schwarz-und-mit-Zucker einen Job als Aushilfe bei *Schwabes feinste Backwaren* angenommen hat und hier nicht wegkann, sie arbeitet von Montag bis Samstag im deutschen Brotgeruch und hat immer nur einen Tag pro Woche frei. Das Geld, das sie verdient, reicht zwar noch nicht für eine eigene Wohnung, aber die Stunden im Bäckerladen scheinen ihr gutzutun.

Dara sagt nichts zu ihren Plänen, bestimmt weiß er schon

jetzt, dass er die Ferien sowieso in Simon Kamkes Alkoholscheune verbringen wird. Meine Mutter hat es nicht geschafft, ihn davon abzuhalten, ein paar Tage nach seinem Wodka-und-Red-Bull-Erlebnis ist er schon wieder dort gewesen, auch wenn er seitdem nie wieder getorkelt ist oder den Kiesweg meiner Großeltern umgestaltet hat, ja, Dara wird die Ferien auf jeden Fall in der Scheune verbringen, und was soll er hier auch anderes tun, in einem öden, einschläfernden Dorf wie diesem hier?

Freiwillige Feuerwehr, Abteilung Jugend?

No thanks.

FSV Einheit Velgow?

Cool, yeah. But no. Not at all, actually.

Immer wieder frage ich mich, ob die deutschen Großeltern ihrer Tochter verziehen haben.

Und umgekehrt.

Nana Catherine sagt, nur Gott kann einem verzeihen, ganz allein der, und wahrscheinlich meint sie ihren persönlichen Gott aus der *St. Michael's Church*, der Ire und also sehr freundlich ist. Granda Eamon ist auch Ire, hat es aber nicht so sehr mit Gott und ist der Meinung, dass man einem anderen Menschen sehr wohl verzeihen kann, man darf ihm das aber auf keinen Fall sagen.

Man muss es ganz für sich tun.

Man muss es tun, wenn die Zeit gekommen ist.

Und falls die Zeit zum Verzeihen in Velgow noch nicht begonnen hat, dann ist zumindest eine andere Zeit losgegangen. Die Großeltern fangen an, sich zu verändern, und mir fällt dieser seltsame Satz ein, den ich mal irgendwo gelesen habe, ich denke: Sie heißen uns willkommen.

Denn genau das tun sie, ganz klein und harmlos fangen sie damit an, mit einem kitschigen Kalender aus dem Sonderangebot, von dem die eine Hälfte schon abgelaufen ist und auf dessen Deckblatt *Irish Dreams* steht, darunter grüne Weiden, Schafe und Steinmauern. Morgens beim Frühstück hören wir jetzt auch einen anderen Radiosender, Ostseewelle statt Radio MV, obwohl die Großeltern viel zu alt dafür sind und meine Geschwister und ich irgendwie immer noch zu jung, auch wenn der Lieblingsmix am Vormittag nur noch ein bisschen mit eingeschlafenen Füßen zu tun hat.

Und dann kommt noch etwas anderes.

Dann kommen die Steine.

Einen Tag vor meinem zweiten Ausflug mit Levin schleppt der Großvater in seinem Auto haufenweise Steine und zwei Männer an, die ich noch nie gesehen habe, vier oder fünf Mal verschwinden sie mit dem Auto und kommen mit neuen Steinen zurück, die groß wie Honigmelonen und grau und weiß sind. Den kaputten Zaun haben sie schon in der letzten Woche unter dem empörten Gebell von Peppy abgerissen, ohrenbetäubend laut hat er um jede Zaunlatte getrauert, an der er je sein kurzes Bein gehoben hat.

Einer der Männer, die der Großvater zusammen mit den Steinen geliefert hat, ist jung, der andere alt, ein Sohn vielleicht und ein Vater, aber als die Großmutter aus dem Haus kommt, ruft sie einfach nur: »Christoph, Walther, alles beim Alten am Boddenweg?«, und das ist alles, was ich über die beiden Männer erfahren werde.

Dann fangen sie an, eine Mauer zu bauen, einmal um den Garten herum und schon wieder unter Peppys Gebell, der wahrscheinlich auf einen neuen Zaun gehofft hat.

Die Großmutter behauptet, dass sie das schon ewig vorhatten, eine Mauer statt einem Zaun, eine Gartenmauer einmal ringsherum, aber schon nach den ersten Metern kann ich genau erkennen, dass es eine Mauer aus dem halb abgelaufenen *Irish Dreams*-Kalender ist, nur ein paar Schafe fehlen noch, zwei, drei Ginsterbüsche, sonst ist es Irland.

Zumindest für die Großeltern.

Meine Großeltern.

Vielleicht.

Und ich weiß, dass sie die Steine nicht für sich selbst aufeinanderstapeln, dass sie Irland nicht für sich selbst bauen. Sie tun es für ein Mädchen, dem es die Sprache verschlagen hat und das sie immer noch Eufe nennen.

24

Aoife kommt sofort aus dem Haus gerannt. Levin hat gerade erst angefangen, sein Fahrrad im Garten abzustellen, da steht sie schon wie ein kleiner, lockiger Schatten hinter ihm, sieht ihn aber nicht an, nicht mal heimlich von der Seite. Weil es keinen Zaun mehr gibt und die irische Kalendermauer noch lange nicht fertig ist, lehnt Levin das Fahrrad an einen der alten Apfelbäume, er wird es heute nicht brauchen, weil wir den Bus nehmen.

Und nach Stralsund fahren, ins Ozeaneum.

Ich werde Jahre brauchen, um das Wort richtig aussprechen zu können, auch Levin verhaspelt sich, und er sagt auch nicht besonders viel dazu, höchstens, dass das Ozeaneum zum Meeresmuseum gehört.

»Das Museum, in dem deine Mutter …?«

»Ja, das Museum, in dem meine Mutter.«

Im Sonnenlicht sehe ich den Staub auf seiner Brille.

Als wir zur Thälmannstraßen-Bushaltestelle gehen, bleibt Aoife die ganze Zeit hinter uns, obwohl sie weiß, dass sie nicht mitdarf. Ich glaube, sie hat sich Levin als Beschützer ausgesucht, schon damals auf dem Schulhof muss sie das beschlossen haben, meine kleine, zornige Schwester, und jetzt nimmt sie von Levin, was sie von ihm kriegen kann, ein paar Minuten In-seiner-Nähe-Sein, ab und zu ein Wort, für das sie ihm kein Wort zurückgeben kann.

»Der Bus kommt in fünf Minuten«, sagt er, als er den Fahrplan an der Haltestelle gelesen hat, obwohl er die Zeiten eigentlich auch ohne Plan kennen müsste, so selten, wie hier der Bus fährt. Es ist so heiß, staubtrocken, und ich glaube Levin kein Wort.

»Woher willst du das wissen?«, frage ich.

»Steht dran.«

»So was hat doch noch nie gestimmt.«

»Hier schon, wetten?«

Ich wette gar nicht erst, obwohl meine Mutter etwas Ähnliches wie Levin behauptet hat und obwohl der Schulbus auch immer einigermaßen pünktlich ist, aber für einen Schulbus ist das ja normal. Mein Blick fällt auf Levins T-Shirt, auf dem es heute keinen einzigen Totenkopf und keinen blutroten Bandnamen gibt, nur ein winziges Mottenloch in der Nähe des Bauchnabels. Als ich das Loch entdecke, kommt der Bus, und der Bus kommt genau eine Minute zu früh.

Es ist mir unheimlich.

Dieses Deutschland ist mir unheimlich.

Nur Levin nicht.

Er sitzt neben mir und hat ein frohes, leichtes Gesicht, vielleicht, weil seine Mutter schon zur Reha gefahren ist und er noch zwei Tage ohne sie hat. Aoife steht draußen und hat ein ganz anderes Gesicht, sie sieht uns wütend beim Wegfahren zu, und eigentlich sieht sie nur mich an, immer noch untröstlich, sie tut mir so leid und ich schäme mich fürchterlich, aber ich hätte sie um keinen Preis mitnehmen wollen.

Der Bus ist fast leer, hier und da sitzt ein einzelner Mensch, nirgends zwei auf einmal, wir sind die Einzigen von dieser Sorte, und es fühlt sich gut an. Als wir an Wolfgang Jensens leerem Ziegelhaus vorbeifahren, zeigt Levin nach oben, auf ein kleines Dachfenster, und fragt: »Hast du von ihm gehört?«

»Nicht viel. Er ist, also, nicht mehr am Leben.«

Ich sage lieber nicht: *Er hat dichtgemacht.*

Ich sage nicht, dass er sich umgebracht hat.

»Ja.« Levin nickt und schaut immer noch nach draußen, immer noch nach oben, obwohl wir längst an Wolfgang Jensens Haus vorbeigefahren sind. »Der hatte alles verloren. Bloß die Tricks nicht, die er früher auf See gelernt hat, bei der Volksmarine, so haben die das in der DDR genannt. Ja. Bloß die Tricks hatte der nicht verloren, die waren alle noch in seinem Kopf. Knoten in Stricke machen und so.«

»Woher weißt du das?«, frage ich.

»Hat meine Mutter erzählt. Und dass der Mann ein Rätsel war.«

Deine Mutter ist auch ein Rätsel, denke ich, aber ich sage: »Angelina Wuttke ist auch ein Rätsel. Die vom Silo.«

Levin lacht und wird ein bisschen rot. »Wenn du wüsstest, was sie *noch* ist!«

Was sie noch ist, erfahre ich aber leider nicht, denn gleich danach scheint Levin der Meinung zu sein, dass er genug gesagt hat, ausgerechnet jetzt. Also bin ich auch still und schaue aus dem Fenster, das schon lange keiner mehr geputzt hat. Der Bus fährt und fährt, lange sagen wir überhaupt nichts, felderlang, dörferlang, einen ganzen Windpark lang, aber dann kann ich im Augenwinkel sehen, dass mich Levin anschaut, und kurz darauf sagt er: »Ich weiß nicht. Ich kann's mir einfach nicht vorstellen. Ist es hier wirklich so anders als in Irland?«

Bei »hier« hat er nach draußen gezeigt, ausgerechnet auf eine große, verfallene Fabrik, aber ich glaube, dass er nicht die Fabrik meint.

Ja, will ich Levin antworten, ja, aber ich sage: »Nein. Also, nein. Nicht auf den ersten Blick. Aber es ist zwischen den Zeilen anders. Und ich glaub, das ist das Problem.«

»Zwischen ... den Zeilen?«, fragt Levin.

»Also ... auf den ersten Blick ist alles gleich. Aber dann merkst du, dass du den Schlüssel im Schloss nach rechts drehen musst und dass das Schloss irgendwo da unten ist, Bauchnabelhöhe ungefähr, nicht da oben, wo es normal wäre, und ich glaub sogar, dass es hier ganz anders klingt, wenn du abends im Bett liegst und hörst, dass jemand, auf den du lange gewartet hast, endlich nach Hause kommt und die Tür aufschließt, *thank god he's back!*, und im Frühling merkst du, dass die Blumen völlig anders riechen, so als würden die direkt vom Mond kommen, und die Häuser in Velgow, die sind höher als die bei uns in der Siedlung, also, als wir noch eine Siedlung hatten, und dieses Brot hier, ach, und dass es hier einfach nichts Ordentliches zu kaufen gibt, und dass sie ihr Mobile Phone *Handy* nennen, obwohl es ja genau das ist: handlich, aber stell dir mal vor, die würden sagen: *Oh, mein Handlich klingelt!*, so ein Blödsinn, na, und dann ist da noch diese Freundlichkeit.«

»Freundlichkeit?«, unterbricht mich Levin. »Welche Freundlichkeit? Hier?«

Er blickt mich ungläubig an und zeigt dann auf die Leute im Bus, die alle aus dem Fenster oder auf ihre Mobile Phones starren und aussehen, als könnten sie sich genauso gut *gar nichts* anschauen, als würde das überhaupt keinen Unterschied machen, er zeigt auf den Busfahrer, der bei jeder Gelegenheit knurrt oder harmlose Schimpfwörter ruft, die man in Deutschland auch in Restaurants oder auf Familienfeiern sagen könnte.

Ich stimme Levin zu. »Genau das meine ich. Meine Mutter

hat früher immer gesagt, dass die Freundlichkeit der Deutschen wie ein gekipptes Fenster ist und die Freundlichkeit der Iren wie ein offenes Schiebefenster. Stimmt ja auch irgendwie. Oder was ist mit den Kassiererinnen im Supermarkt, was ist mit *Zweiachtzig, und kleiner haben wir's wohl nicht?*, ist das etwa freundlich? Die haben noch nie etwas Nettes zu uns gesagt, und übrigens hab ich in Velgow mein erstes Kippfenster gesehen. Im Leben.«

»Wenigstens regnet es da nicht rein«, sagt Levin, »und deshalb kann man das Fenster einfach gekippt lassen.« Ich glaube, dass da etwas dran sein könnte.

Der Bus fährt durch ein menschenleeres, hühnervolles Dorf, es ist ganz hell draußen und ich sehe in Levins still lächelndes Gesicht, überall Schweißtröpfchen, überall Lichttröpfchen, *kindness*, denke ich plötzlich, und dass man vielleicht doch nicht so genau sagen kann, welche Sorte Freundlichkeit besser ist, die gekippte oder die weit geöffnete, die Freundlichkeit, die groß ist, aber gleich wieder verschwindet, oder die, die klein beginnt, aber ewig dauert.

Oder die Millionen Freundlichkeiten dazwischen.

Es ist eine schöne Fahrt, wir reden und reden nicht, rutschen auf unseren Sitzen hin und her, essen Erdnüsse und schwitzen, fahren immer wieder an Windrädern vorbei, immer wieder an Feldern und hohen Kiefern mit rotbraunen Stämmen, und später sagt Levin nicht: »Da vorn beginnt Stralsund«, aber da vorn beginnt Stralsund, und irgendwo da vorn wird auch unser zweiter Versuch beginnen.

Der zweite Familienversuch.

Im Ozeaneum.

25

Das weiße Gebäude liegt fast direkt am Wasser und sieht zwischen den roten Ziegelhäusern riesig und gleichzeitig eingequetscht aus. Irgendwo steht ein Verkaufswagen mit der Aufschrift *Fischbraterei Engelmann,* und im Wasser am Kai liegt ein Kutter, der ein Witz gegen das große Ozeaneum ist: uralt, flacher Rumpf, runde Flanken.

Unten rot, oben weiß, mit abgeblätterter Farbe.

Der Kutter ist etwas sehr Kleines.

Schon ewig am Leben, immer da.

Er hat sogar einen Namen, aber ich kann nur die letzten Buchstaben erkennen: *mbari*. Die ersten Buchstaben verdeckt ein alter Mann mit schneeweißem Haar, dem ein anderer zuruft: »Jan Töller, wie wär's mit 'nem kleenen Schnack?« Der Mann vor dem Kutter sagt Ja, aber er sieht müde aus und ein bisschen enttäuscht, er sieht aus wie Nein. Vielleicht hat er längst gemerkt, dass sein alter Kutter nicht mehr so seetauglich ist wie früher, vielleicht kommt er hier einfach nicht mehr weg.

Aber als ich denke, *the poor fella!,* nickt dieser Jan Töller uns zu und lächelt sogar dabei und schickt seine Falten in ganz neue Richtungen. Wir nicken zurück wie alte Matrosen und ich bin froh, dass jemand Levin und mich gesehen hat. Dass irgendwo auf der Welt jemand weiß: Wir waren wirklich hier.

Zusammen.

Dann gehen wir in Richtung Ozeaneum, steuern auf den Eingang zu, und da auf einmal weiß ich, dass es ein Fehler ist. Ich werde mich *nicht* zu einer Familie dazustellen, das ist mir jetzt schon klar, alles ist so groß hier im Eingangsbereich, alles viel zu hell, der Boden ordentlich mit Steinen gepflastert und mit glücklichen Familien beladen, an der Seite eine lange Theke mit drei Kassen, die wir nicht brauchen werden.

Wir setzen uns auf eine Art orangefarbene runde Bank. Von hier aus haben wir die Treppe im Blick, die nach oben zu den Ausstellungsräumen führt. Rechts daneben steht eine streng aussehende Frau, freundlich wie ein geschlossenes Kippfenster, links ein orangefarbenes Schild, auf dem das Gegenteil von dem steht, was ich hier gleich schaffen muss.

Bitte Diskretionsabstand halten!

Darunter eine gezeichnete Familie, drei schwarze Figuren, die durch einen weißen Doppelpfeil von einer einzelnen Figur getrennt sind.

Die einzelne Figur bin ich.

»Levin, ich geh da nicht hin. Ich mach da nicht mit. Vergiss es einfach. Los, wir kaufen uns Tickets und schauen uns die Ozeane an.«

»Fische«, sagt Levin und lacht. »Fische und Pinguine. Ozeane passen da nicht rein.«

Er lacht noch ein bisschen weiter, dann wird sein Gesicht auf einmal hart. Er sieht sich die Familien in der Eingangshalle an, vielleicht will er eine aussuchen, zu der ich mich nachher dazustellen soll. Aber ich glaube, dass er sich in Wahrheit nur die Mütter anschaut, von denen mir auf den ersten Blick keine so vorkommt, als würde sie zu Hause von ihrer Familie vergiftet werden.

Ich selber schaue mir keine fremden Väter an, ich habe schon in Irland damit aufgehört, weil einfach nie einer so aussah, als wäre er ständig betrunken und auch schon längst zu Hause ausgezogen.

Als ich Levin an der Schulter berühre, zuckt er zusammen.

»Komm, Levin«, drängele ich. »Wenn ich da wirklich reinsoll, dann erklär mir jetzt bitte mal, wie das geht.«

Ich hole Levin von weit her.

»Du machst das schon«, knurrt er. »Schnapp dir einen Flyer oder irgendwas aus Papier, das hältst du die ganze Zeit in der Hand, ist besser so, sieht aus, als würdest du dazugehören. Und wenn du bei der Treppe bist und bei der Frau, die die Karten kontrolliert, schaust du rüber zum Museumsshop, schau dir die Fische aus Plüsch an und die Gummikraken, dann stellst du dich zu einer möglichst großen Familie dazu, aber nicht wieder so dicht, du brauchst Fingerspitzengefühl, es muss genau zwischen dicht und nicht-zu-dicht sein, und bleib ruhig, atme ganz ruhig, ich schwör dir, die merken das, wenn jemand Angst hat und nicht dazugehört, und meine Mutter lässt übrigens fragen, ob du noch mal vorbeikommen könntest, nach den Ferien, mit deiner Mutter.«

»Wait, like ... what?«

In der Eingangshalle sehe ich auf einmal nur noch unverrückte Mütter und nicht trinkende, nicht fortgegangene Väter, sonst gibt es hier niemanden mehr, wenn man Levin und mich nicht mitrechnet.

»What?«, sage ich noch einmal, falls es Levin beim ersten Mal nicht gehört hat. Er sitzt neben mir, lässt den Kopf und die langen Arme hängen und sagt ganz leise: »Sie wünscht es sich, ich kann nichts dafür. Bevor sie mit meinem Vater weggefahren ist, hat sie mich hundertmal daran erinnert. Emma. Bitte. Kannst du das machen? Könnt *ihr* das machen?«

Bei *Emma* hat er mich kurz angeguckt und bei *machen* wieder weggesehen, nach unten, auf die sauberen kleinen Pflastersteine der Eingangshalle.

Ich schließe meine Augen und denke an die kleine dünne Frau mit dem hin und her rasenden Blick, an die vielen Aquarien, an den festen Griff, die Fingernägel, ich denke an das dunkle, schwere Unbehagen, das auch nach Wochen nicht weggehen will, und ich weiß, dass ich mich immer noch vor Levins Mutter fürchte.

»Levin ... nein. Das geht nicht. Ich ... ich habe Angst vor deiner Mutter.«

Jetzt ist es ausgesprochen.

Ich habe es nicht geplant.

Und Levin zuckt noch mal zusammen, so wie vorhin, obwohl ich ihn jetzt gar nicht berührt habe. Er sieht so erschrocken und verletzt und traurig aus, dass ich sofort weiß: Das hier kann ich nie wiedergutmachen.

Nie mehr.

Aber immerhin redet Levin noch mit mir und versucht mir die Sache zu erklären, er sagt: »Manchmal ist sie ein bisschen wie früher. Wenn sie ihre Tabletten genommen hat. Die nimmt sie immer wieder nicht, aber wenn sie es eine Zeit lang geschafft hat, muss man keine Angst vor ihr haben, sonst vielleicht auch nicht, und damals, als du da warst, da hat sie gerade erst wieder angefangen, das dauert, bis die Dinger wirken, es geht ihr besser jetzt, ehrlich, bis auf die Nebenwirkungen, aber die werden hoffentlich weniger, und jetzt kommt ja auch noch die Reha, die wird ihr guttun, wir müssen einfach alle darauf achten, dass sie ihre Tabletten nimmt, und –«

Levin ballt die Hand zur Faust, öffnet sie wieder, schaut verwundert seine langen Finger an und macht weiter: »Kannst du dir vorstellen, wie das für mich ist? Ich kann's mir immer noch nicht vorstellen. Obwohl ich es selber erlebe. Jeden Tag.«

Dann ist er still und ich bin es auch, ich beiße mir auf die Lippen, will etwas sagen, will es lieber doch nicht sagen und sage es.

»Levin. Trotzdem. Ich hab Angst vor ihr.«

Als ich es ein zweites Mal ausgesprochen habe, schäme ich mich so sehr, dass ich mit einem Ruck aufstehe und einfach losgehe. Ich nähere mich der Treppe und der Kartenfrau, und ohne einen Flyer und ohne einen einzigen Blick in Richtung des Museumsshops und der Plüschfische steuere ich auf die Leute zu, die vor der strengen Kartenfrau stehen, keine Ahnung, ob es eine Familie ist, aber ich kann hier fast jedes Alter entdecken, ein paar Mädchen und Jungen sind auch dabei, so alt wie ich oder etwas jünger, kann sein, dass es eine sehr große, gemischte Familie ist.

Und dann ist es ganz einfach.

Die Kartenfrau ist gar nicht streng, sie lächelt sogar, nicht in die Gesichter, aber sie lächelt die Karten an. Zwischen mir und den anderen ist nur noch ein sehr kurzer weißer Doppelpfeil, es ist so leicht, viel zu leicht.

Ich mache einen Schritt zur Treppe.

Und gehe einfach mit.

Zwei, drei Stufen hoch, ich bin eine von vielen, noch mal zwei Stufen, die Kartenfrau kümmert sich längst um andere Leute, keiner merkt was, und ich drehe mich um und hoffe, dass wenigstens Levin etwas gesehen hat, vielleicht ist er sogar stolz auf mich oder wenigstens ein bisschen erleichtert.

Aber die orange Bank, auf der wir gesessen haben, ist leer.

Levin ist verschwunden.

26

Er ist nicht weit gekommen, sitzt drüben am Kai, die Beine überm Wasser. Sogar von Weitem kann ich sehen, wie schmal Levins Rücken ist, wie spitz seine Schultern unter dem T-Shirt sind. Er sitzt einfach nur da und schaut den Möwen nach oder den einzigen beiden Wolken am Himmel oder den einzelnen Luftmolekülen. Als ich fast bei ihm angekommen bin, sehe ich den Schweiß auf seinem Nacken und merke, dass ich ihm unbedingt etwas Gutes sagen will.

Etwas, das ihn zu mir zurückholt.

Von den Möwen, den Wolken, den Molekülen.

Seiner Mutter.

Ich nehme meinen ganzen Mut zusammen, obwohl ich ihn eigentlich für etwas anderes aufheben wollte, den Mut meines ganzen Lebens. Aber jetzt, genau jetzt brauche ich ihn, um mich zu Levin herunterzubeugen und seine braun gebrannte Hand zu nehmen, die ich mir immer rau vorgestellt habe, wie überhaupt alle Jungenhände, und die ganz weich ist.

»Komm«, flüstere ich. »Please, Levin. Please.«

Seine Hand liegt schlaff in meiner, und gerade als ich denke, dass ich den Mut meines ganzen Lebens verschwendet habe in ein paar jämmerlichen Sekunden, drückt er zu.

Seine Hand passt gut in meine.

Meine Hand passt gut in seine.

Levin drückt sie so fest, dass es gerade noch nicht wehtut und dass ich ihn hochziehen kann, und auch danach gibt er meine Hand nicht gleich her, für einen kurzen Moment hält er sie noch umschlossen, ohne Diskretionsabstand und alles. Aber dann gibt er sie mir doch zurück, indem er sie so plötzlich fallen lässt, dass sie, wenn sie nicht zufällig an meinem Arm gehangen hätte, wahrscheinlich im Wasser oder auf dem Boden gelandet wäre.

Ohne mich anzusehen sagt er: »Ich dachte, du bist oben bei den Aquarien. Du hättest viel Geld sparen können. Ich wette, die Seeteufel hätten dir gefallen.«

»Ach, die Aquarien.«

Ich winke ab und tue so, als wäre ich nicht gerade mit Seeteufeln in Verbindung gebracht worden, ich sage einfach nur: »Wer braucht schon Aquarien? Kein Mensch braucht die. Und wenn ich welche sehen will, gehe ich einfach zu euch, kein Problem, wann sollen wir eigentlich kommen?«

Levin schaut mich erstaunt an, aber dann merke ich, dass er gar nicht staunt, sondern dass das Ärger ist, in seinen Augen, auf seinem Mund, in seinem ganzen schmalen Gesicht. »Du musst nicht kommen, auch deine Mutter nicht, bleibt einfach zu Hause«, sagt er und er sagt es kein bisschen freundlich, er sagt es wie eine Kassiererin im Kaufhallen-Supermarkt, *zweiachtzig, und kleiner haben wir's wohl nicht?*

»Doch. Muss ich. Aber ich frag meine Mutter vorsichtshalber noch.«

»Komm, lass es einfach«, knurrt Levin.

»Ja, ich lasse es. Ich lass es dich einfach wissen«, knurre ich zurück. »Wann wir zu euch kommen. Tag und Uhrzeit, also ungefähr jedenfalls.«

»Mach doch«, sagt Levin.
»Keine Sorge. Ich mach es.«

Dann sagen wir lange nichts mehr und laufen schweigend zur Bushaltestelle, Levin mit verschränkten Armen, ich mit den Händen in den Hosentaschen. Jan Töller und sein Kutter sind verschwunden, haben sich in Luft oder Wasser aufgelöst und die Erinnerung an uns mitgenommen, aufs Meer, weit hinaus, und später, als wir mit dem Bus zurückfahren, sitzt Levin reglos da, starrt auf die Lehne seines Vordersitzes und riecht nach Sonnencreme. Ich habe es schon die ganze Zeit gemerkt, bei jeder Bewegung von Levin, aber jetzt tut mir der Geruch fast weh.

Er zeigt mir, wie Levin ist.

Er hilft mir, Levin kurz zu verstehen.

Wir fahren, fahren und reden immer noch nicht, wir atmen nur, sonst nichts. Aber irgendwann wird etwas anders, nach einigen Meilen merke ich, dass sich etwas verändert, wahnsinnig leicht, ungefähr so leicht, wie Flusswasser nach Kirsche schmeckt, wenn eine einzige Kirschblüte hineingefallen ist.

Ich weiß trotzdem, dass wir es geschafft haben.

Es dauert dann noch eine Weile, bis wir wieder zu reden anfangen, über harmlose Dinge: Schule, Ferien, Serien, so leise und so vorsichtig, als hätten wir beide beschlossen, ab sofort nie wieder etwas kaputt zu machen auf der Welt, wir fahren am Windpark und an den Feldern und Dörfern und an Angelina Wuttkes Getreidesilo vorbei, und als wir in Velgow ankommen und aussteigen, sind wir immer noch so vorsichtig, dass wir uns wahrscheinlich auch noch gegenseitig die Bustür aufgehalten hätten, wenn sie nicht von selber aufgegangen wäre.

Im Garten meiner Großeltern nimmt Levin sein Fahrrad, lehnt es gegen seinen Bauch, wühlt umständlich in seiner Hosentasche und wirft sein Rad dabei um, krachend landet es auf dem verbrannten Rasen. Es ist immer noch heiß, auch jetzt noch, am späten Nachmittag. Aber Levin kümmert sich nicht um das Fahrrad, sondern gibt mir ein warmes, weiches, zusammengefaltetes Blatt Papier, das so stark nach seiner Sonnencreme riecht, dass der Duft die ganzen Ferien bleiben wird, das weiß ich jetzt schon.

»Das ist der Plan«, sagt Levin. »Ich hab dir alles genau aufgeschrieben. Lies es bitte. Und üb noch mal, du weißt schon.«

Später, als Levin längst über alle Dörfer ist und ich ihm trotzdem noch hinterhersehe, kommt meine Mutter aus dem Haus und fragt: »Wie war's, was hast du gesehen?«, und sagen müsste ich: einen Leberfleck, einen winzigen Leberfleck auf einem braun gebrannten Handrücken hab ich gesehen, genau das müsste ich sagen, aber ich sage es nicht, sondern halte mich an der weichen Sonnencremeseite fest und sage: »Was ich gesehen habe? Lauter glückliche Familien.«

27

Die Einzige, die die Ferien glücklich machen, ist Aoife. Meine Schwester scheint sich über die lange freie Zeit zu freuen, und ich kann mir denken, wieso. In den Ferien können ihre Lehrerinnen in aller Ruhe vergessen, dass sie nicht mehr spricht, und sie können ihr auch keine Psychologen auf den Hals hetzen. Zweimal war einer bei uns, zweimal der Gleiche, und hat etwas von *nicht mit Absicht* gesagt und von *Trauma,* und zweimal hat meine Mutter gemeint, dass das alles sein kann, gut und gerne sogar, nur eben nicht bei Aoife, und dass sie übrigens das stärkste kleine Mädchen ist, das sie je kennenlernen durfte. »Aoife wird selbst entscheiden, wann sie wieder redet«, hat meine Mutter gesagt, »machen Sie sich keine Sorgen, außerdem kommt einmal pro Woche eine Fachkraft ins Haus und kümmert sich um meine Tochter!«

Früher hätte meine Mutter das nie gesagt, in den letzten Jahren in Dublin, in den ersten Monaten in Velgow, und ich mag auch die Vorstellung, dass Regina Feldmann eine Fachkraft für sprachlose Kinder sein könnte, Arbeitskleidung: blauer Hausanzug, Arbeitsplatz: ein winziges Kinderzimmer oben im ersten Stock. Trotzdem glaube ich, dass sich meine Mutter große Sorgen um meine Schwester macht, denn jeden Abend kommt sie in unser Zimmer, und immer bin ich noch wach und presse die Augen zusammen und kriege mit, dass sie an Aoifes Bett viel länger als an meiner Matratze steht.

Seit meinem Ausflug mit Levin habe ich auch im Haus meiner Großeltern das Gefühl, dass alle ein bisschen behutsamer miteinander umgehen, man merkt es aber nur manchmal, in sehr kleinen Momenten, zum Beispiel neulich im Schuppen. Mein Großvater hat angefangen, ein Bett für meine Matratze zu bauen, diesmal ohne die Männer vom Boddenweg. Er arbeitet ganz allein und sein Bauch hängt ihm dabei über den Bund seiner kurzen Hose, sein T-Shirt ist am Rücken nass geschwitzt, er schnauft vor sich hin. Der kleine, behutsame Moment schleicht sich in den Schuppen, als ich unter den Schnauf- und Holzschleifgeräuschen meines Großvaters das Mifa-Klappfahrrad hole, um zur Ostsee zu fahren.

Dieser Geruch.

Buche, frisch geraspelt.

Meine Mutter, die ihrem Vater eine Flasche Wasser gebracht hat, steht neben ihm, schaut ihm bei der Arbeit zu und streicht ihm dann ganz kurz über den nassen T-Shirt-Rücken, und als sie gleich danach aus dem Schuppen geht, kann sie nicht mehr sehen, dass mein Großvater mit der gleichen Handbewegung sacht über das Holz streicht und dabei lächelt. Manchmal gibt es überhaupt keinen Zorn in seinem Gesicht.

Über das, worüber sie die ganze Zeit nicht reden konnten, sprechen sie aber immer noch nicht, *twenty years of silence, twenty years of absence,* meine Mutter in Irland, meine Großeltern in Velgow, das ganze Dorf hat damals getuschelt. Ab und zu streiten sie sich noch, aber ohne wirklich zu reden, ohne sich irgendetwas zu erzählen. Meine Mutter und meine Großeltern kehren diese zwanzig Jahre einfach unter den Teppich, und ich mag diesen Ausdruck sogar, weil wir ihn auch haben: *to sweep something under the carpet,* wer weiß, vielleicht ist das in allen Ländern gleich, vielleicht gibt es einfach überall Teppiche und Probleme und dann noch jemanden, der einen Besen in die Hand nimmt.

Dara hat eine Freundin, die erste hier in Velgow, eine mit gefärbten Haaren, die oben schwarz aus dem Kopf wachsen und in Nackenhöhe so rot wie sehr roter Nagellack werden, das Rot beginnt ordentlich in einer waagerechten Linie und endet genauso über den Schulterblättern. Als Dara sie zum ersten Mal mitbringt, erkennt meine Mutter sie gleich, denn sie arbeitet im *Salon Jeannette*, heißt aber Michelle.

Als Dara und sie ins Haus kommen, gibt sie Aoife ein Geschenk, nichts Süßes, nichts aus Papier, sondern eine pinkfarbene Pflegebürste mit verlängerten Borsten, extra für aus Irland eingeflogenes lockiges Haar. Und weil Aoife nicht Danke sagen kann, steckt sie sich die Bürste wie einen Säbel in den Gürtel und läuft die ganze Zeit damit herum, ein Dank auf zwei Beinen, alle wissen Bescheid.

Sie läuft noch mit der Bürste herum, als Michelle schon lange nicht mehr da ist.

Ich weiß nicht, wie sich Aoifes Heimweh jetzt anfühlt. Sie scheint immer noch empört zu sein, weil unsere Mutter sie aus ihrem Leben genommen und in ein neues Leben gesetzt hat wie eine wehrlose Grünpflanze. Manchmal weint sie noch, aber ohne Ton, das kann sie wie ein Weltmeister. Immer wieder vergisst sie aber, sich die Tränen aus dem Gesicht zu wischen, die Traurigkeit klebt ihr morgens an den Wangen und glänzt so stark, dass sich die Sonne darin spiegelt und der ganze Tag, der noch vor ihr liegt und den meine Schwester irgendwie überstehen muss.

Was sie uns zu sagen hat, klebt hellgelb an allen Türen und

Wänden, meine Großeltern entfernen die kleinen Zettel schon lange nicht mehr, das Haus ist voll von den Worten meiner Schwester, und manchmal kommt es mir so vor, als würden die Wände und Türen unter dem Gewicht von Aoifes Sprache leise zittern.

Und mein eigenes Heimweh?

Es hat sich verändert.

Es ist nicht mehr endlos weit und gleichzeitig eng. Was ich seit Levins Plan fühle, ist eher ein Schon-nicht-mehr-richtig-Hiersein und ein Noch-nicht-wieder-zurück-in-Irland-Sein, es ist irgendwas dazwischen.

Dazwischen ist kein Zuhause.

Nana Catherine und Granda Eamon schicken manchmal Päckchen mit *Cadbury*-Schokolade, legen jedes Mal eine vorgedruckte Karte dazu und unterschreiben für meinen Vater gleich mit, kein Wort darüber, dass sie uns vermissen und gerne bei sich hätten. Vielleicht haben sie uns längst vergessen, nur am Schokoladenregal bei *Tesco* scheinen wir ihnen ab und zu wieder einzufallen wie etwas, das sie dringend noch erledigen müssen. Sie haben so viele Enkel, dass es schwer ist, den Überblick zu behalten, höchste Zeit, dass ich zurückkomme und sie an mich erinnere.

Manchmal finde ich Kärtchen in den Päckchen, kleine Karten mit kitschigen religiösen Sprüchen, *I am the way, and the truth, and the life,* und ich weiß genau, was das bedeutet. Es bedeutet, dass Nana Catherine uns noch nicht aufgegeben hat. Zumindest noch nicht ganz. Ich glaube, dass es *das* war, was sie am allerwenigsten an unserer Mutter mochte: dass sie nicht mit uns in die Kirche gegangen ist, vor allem dann, als es mein Vater nicht mehr konnte, weil er zu betrunken war, um Gott unter die Augen zu treten. Sie hat es unserer Mutter auch nie verziehen, dass sie für uns eine der wenigen Schulen ausgesucht hat, die nicht zur Kirche gehören, eine, die näher an Deutschland dran ist als jede andere Schule in Dublin.

Levins Plan.

In der ersten Ferienwoche komme ich fünfmal pro Tag zurück nach Irland, einfach nur, indem ich Levins Zeilen lese. Der Sonnencremegeruch des Papiers lässt mich jedes Mal zusammenzucken und überlegen, ob es wirklich so eine gute Idee ist, von hier wegzugehen. Aber dann lese ich die Worte, die Levin am Computer geschrieben hat, und schon bin ich auf und davon. Die Seite ist eng bedruckt, es gibt sogar fünf Fußnoten, aber ich interessiere mich vor allem für die Autofahrt zum Fährhafen in Belgien. Ole wird mich hinfahren und Levin kommt mit, alles steht auf dem Plan, jede Raststätte, an der wir anhalten, jede Stadt, an der wir vorbeifahren, Rostock, Lübeck, Hamburg, Bremen, Osnabrück, Dortmund, Essen, Düsseldorf, Antwerpen und Gent.

Dann, später, Zeebrugge.

P & O Ferries Zeebrugge.

Abschied.

Vielleicht für immer.

Wenn ich den Plan lese, stelle ich mir alles haargenau vor, Levin und ich sitzen hinten auf der Rückbank, Ole taucht in meiner Vorstellung gar nicht erst auf, was ein bisschen gemein ist, aber nicht anders geht, Ole fährt eben nur. Es ist ziemlich unwahrscheinlich und trotzdem wichtig, dass er ein Cabrio hat, auch wenn ich es bei meinem ersten Besuch nicht gesehen habe, vielleicht war es hinten im Garten versteckt, zwischen ausrangierten Aquarien und einem Haufen aus alten Totenkopf-T-Shirts.

Hinten im Cabrio sitzen also Levin und ich, hören angesagte Musik und recken alle paar Meilen die Arme hoch, um etwas Lebensfrohes oder einfach nur einen Städtenamen in die Welt zu brüllen, einen Namen, der möglichst zu unserer Strecke passt. Und zwischendurch, wenn wir die Arme mal zufällig unten haben, reden wir und sagen so kluge Dinge, dass große Philosophen einfach nur mitzuschreiben bräuchten und meinetwegen auch die Tramper, die wir einzeln mitnehmen und die uns zum Tausch viele praktische Weisheiten mit auf den Weg geben. Einmal nachts träume ich sogar von dieser Fahrt und es ist ein filmreifer Traum, der absolut glaubwürdig wirkt, mit der winzigen und völlig unwichtigen Besonderheit, dass am Steuer des Cabrios nicht Ole sitzt.

Sondern Bono von U2.

Die Fußnotenzeilen auf Levins Plan beachte ich lange nicht, erst in der zweiten Ferienwoche lese ich sie, und auch nur zufällig, weil mein Blick ganz unten auf das Papier fällt, Fußnote eins: *Und bitte nicht die fremden Familien vergessen!*, Fußnote zwei: *Stell dich ruhig immer mal zu einer Familie dazu*, Fußnote drei: *Ich empfehle dir, dass du dich einmal pro Woche zu einer Familie dazustellst*, Fußnote vier: *Denk an die Familien.*

Und dann ist da noch Fußnote fünf.

Ganz klein, ganz unscheinbar, ganz unten steht:

Oder du vergisst den ganzen Plan und bleibst einfach hier.

28

Ich übe trotzdem nicht, fahre in keine Museen, stelle mich nicht zu fremden Familien dazu. Die Vorstellung, dass Levin nicht dabei ist, gefällt mir nicht, außerdem ist es viel zu heiß für solche Dinge, seit Wochen schon, seit Monaten, obwohl es in Irland längst wieder kühler ist. Mitte Juli haben sie hier schon den Weizen geerntet, damit er auf den Feldern nicht zu brennen anfängt, so wie in anderen Gegenden. Überall im Haus finde ich einzelne kleine Schweißtropfen, die irgendwann mal zu meinen Großeltern oder zu Dara gehört haben müssen und mit denen jetzt die Tische oder der Fliesenboden geschmückt sind, manchmal in Schweißtropfen-Sternbildern, die schnell wieder verschwinden.

Nachts begegnen wir uns manchmal in der Küche oder im Garten, meine Mutter, meine Geschwister und ich, weil wir wegen der Hitze nicht schlafen können. Tagsüber kämpfen wir gegen Wespen, und wenn ich durch den Wald an die Ostsee fahre, werde ich pausenlos von Mücken umsummt und oft gestochen.

Manchmal in Form von Mückenstich-Sternbildern, die mir noch lange bleiben werden.

Ich fahre ans Meer, jeden Tag. Meine Mutter hat gleich am Anfang gefragt, ob ich wüsste, was gegen Strömungen zu tun ist, die gefährlichen Unterströmungen, durch die so viele Menschen ertrinken.

»Ich hab keine Ahnung, aber seit wann kennst du dich mit Meeren aus?«, wollte ich wissen, und meine Mutter hat ganz ruhig geantwortet: »Seit ich hier aufgewachsen bin«, und mir erklärt, dass ich mich nicht wehren soll, wenn ich in eine Unterströmung gerate. »Sie zieht dich nicht nach unten«, hat meine Mutter gesagt, »auch wenn es sich vielleicht so anfühlt, es ist aber nicht so, die Unterströmung zieht dich raus aufs Meer, und dann lässt du dich einfach so lange ziehen, bis der Spuk vorbei ist und du zur Seite aus der Strömung rausschwimmen kannst, hörst du, kämpf nicht gegen die Strömung, warte, bis du parallel zum Strand aus ihr rausschwimmen kannst.«

Immer wieder bittet mich meine Mutter darum, Aoife mitzunehmen, aber zum Glück schüttelt meine Schwester jedes Mal heftig den Kopf. Es ist nicht so, dass ich sie nicht bei mir haben will, ich bin nur die ganze Zeit im Wasser, mit ein paar winzigen Unterbrechungen, und könnte mich gar nicht um sie kümmern. Statt in Museen und Freizeitparks bin ich im Meer, schwimme, tauche, versuche unter Wasser zu sehen, Algen und Sand und kleine Fische, Tag für Tag für Tag.

Wenn man im Wasser ist, ist es egal, ob man weiß, wo man zu Hause ist, hier, dort oder dazwischen, unter Wasser interessiert das keinen mehr, am allerwenigsten mich selbst. Nur manchmal, wenn ich auftauche, versuche ich Levin in den Dünen zu erkennen, kann ja sein, dass er früher aus den Bergen zurückgekehrt ist. Aber ich finde ihn nicht, sehe nur die Leute, die immer hier sind, Leute aus allen möglichen letzten und vorletzten Dörfern, im Moment sind es richtig viele Menschen, denn an den heißen Tagen ist der Strand besonders gut besucht.

Ich schwimme so oft und so lange, dass ich zwar keine

Schwimmhäute, aber Muskeln in den Armen bekomme, kaum zu sehen, aber da. Und als es gegen Ende der Sommerferien windiger wird und das Meer in Bewegung kommt, sehen die Wellen aus wie lauter angehobene Teppiche, unter die man eine Menge kehren könnte, ganze Leben würden da drunterpassen.

Ein ganzer Mensch.

Abends liege ich in meinem neuen Bett und versuche aus dem Wind die Banshee herauszuhören. Bei Wind glaube auch ich an die Geisterfrau, die den Tod vorhersagen kann wie eine alte Wahrsagerin auf der George's Street, nur dass sie eben nicht redet, sondern in selbst erfundenen schrecklichen Tönen singt.

Sie singt den Tod vorher.

Ich stelle sie mir immer noch wie meine Great-Grandmother Emma vor, weiße Haare, rote Augen, mittelgute Stimme mit *Donegal accent*, bei Wind stelle ich mir vor, dass es die Banshee wirklich gibt.

Damals in Dublin war ich mir in manchen stürmischen Nächten sicher, dass ich draußen ihr Heulen und ihr Klagen gehört habe, und ich war mir genauso sicher, dass es die Miss Blacks von gegenüber oder den alten Anthony Murray aus der Nummer 24 erwischt hatte, diesmal wirklich, bis ich am nächsten Morgen erkennen musste, dass ich mich geirrt hatte und dass es die Miss Blacks von gegenüber und Anthony Murray aus der 24 immer noch und die Banshee vielleicht doch nicht gab.

Es wäre gut, wenn Anthony Murray auch jetzt noch auf Cherrygarth unterwegs wäre, mit seinen schlurfenden Schritten und den vielen kleinen Süßigkeiten, die er mehrmals am Tag unter den Kassierern des Supermarkts um die Ecke verteilt hat. Er müsste eine weinrote Strickjacke tragen, eine Brille mit dicken, viereckigen Gläsern und vielleicht eine Flasche Weihwasser, denn manchmal ist er mit einer durch die Gegend gelaufen, als wäre es eine gewöhnliche Flasche *Sparkling Water*, und ganz früher hat er nachts als Einziger auf Cherrygarth die Füchse gesehen, wenn sie in den Müllsäcken wühlten, damals, bevor die *Panda*-Mülltonnen eingeführt wurden. Am nächsten Morgen hat er dann allen erzählt, was passiert war, also immer das Gleiche, Fuchs für Fuchs, und die anderen Nachbarn, die über den verstreuten Müll und die schwarzen Fetzen der Plastiktüten klagten und sich gegenseitig trösteten, vergaßen dabei trotzdem nie, gleichzeitig über das Wetter zu reden, das ja auch überall herumlag, und riefen nebenbei *We're blessed with the fine weather!* oder *'Tis marvellous altogether!* oder, wenn es leicht nieselte, *It's a soft day, isn't it?*

Ich denke gern an Anthony Murray.

Wenn ich mich an ihn erinnere, schlurfen meine Gedanken langsam durch meinen Kopf.

Dann sind die Ferien fast zu Ende, und es bleibt trocken in Velgow, kein einziger *Soft Day* in Sicht. Dara und Michelle mit den genau zwei Haarfarben haben sich schon wieder getrennt. Aoife redet immer noch nicht und ist braun geworden in den heißen Wochen, so braun, wie sie in Irland nie war. Sie will nicht wieder zur Schule gehen, aber sie muss, und deshalb stampft sie manchmal laut auf. Weil sie aber sonst keine Geräusche dazu macht, Schreien zum Beispiel oder Schimpfen oder Fluchen, klingt es nicht besonders gefährlich. Aoife sieht einfach nur aus, als würde sie sich neuerdings für modernen Ausdruckstanz interessieren.

Meine Mutter bringt fast jeden Tag deutsches Brot mit nach

Hause und das Brot ist wahrscheinlich hart genug, dass man damit die Gartenmauer reparieren könnte, falls mal einer der Steine verloren gehen sollte. Die Arbeit bei *Schwabes feinste Backwaren* scheint ihr Spaß zu machen, ab und zu erzählt sie sogar von den Kunden und manchmal kichert und gluckst sie dabei wie ein kleines Mädchen, besonders dann, wenn sie von Regina Feldmann erzählt, die ständig nach Dinkelvollkornbrötchen fragt und dann jedes Mal ausnahmsweise etwas mit Weizen kauft.

Ich habe den größten Teil der Sommerferien überlebt, mehr im Wasser als an Land, mehr unter Wasser als über Wasser, mehr in Velgow als in Dublin, und jetzt muss ich nur noch eine einzige Woche ohne Levin aushalten.

Aber dann passiert etwas mit mir.

Es geht los, als ich einfach nur ein Lied höre, das weder zu Radio MV noch zu Radio Ostseewelle passt. Rein zufällig entdecke ich es im Internet, als ich nach irischen Videos suche, und da ist sie: eine Frau im blauen Kleid, die *Silent, o Moyle* singt, ich habe das Lied so lange nicht mehr gehört und halte es kaum aus. Früher haben wir es in *St. Kilian's* gesungen, aber nicht mal annähernd so gut wie die Frau im blauen Kleid, *Silent, o Moyle, be the roar of thy waters*, ich habe das Lied nie besonders gemocht, aber jetzt ist es so schön und so traurig, dass es sich in meinen Magen und in alle Organe krallt, die es sonst noch finden kann.

Vor allem in mein Herz.

Ich werde noch am selben Tag krank. Am Anfang kann ich einfach nur nicht schlucken, dann habe ich Schnupfen, aber das Schlimmste ist das, was danach kommt, ein Husten, der einfach nicht verschwinden will und der mich schlapp macht und genauso fiebrig und heiß wie dieser Sommer da draußen. In den Nächten huste ich so laut, dass ich mit meiner Mutter das Bett tausche und ihr Zimmer für mich habe, zum ersten Mal seit Januar bin ich so laut, wie es jemand wie ich sein sollte, eine Irin im Nirgendwo, und zweimal kommt ein Arzt zu uns gefahren und sagt, dass das alles ja auch kein Wunder ist, *die ganze Schwimmerei hat das Mädchen krank gemacht.*

Ich verbringe eine lange letzte Ferienwoche und eine lange erste Schulwoche im Liegen, werde ab und zu mit Teetassen und Obst versorgt, bin ansonsten ganz allein und lerne das Kinderzimmer meiner Mutter auswendig, die Möbel, die Schreibtischlampe, all die Titel auf den Buchrücken hier, *Wasseramsel* und *Weiße Wolke Carolin* und *Frank und Irene,* ich huste und huste und weiß, dass ich nicht krank bin.

Ich habe Heimweh, das ist alles.

Ich liege in der Fremde.

Und im Zimmer meiner Mutter wird mir irgendwann klar, dass man mit Heimweh immer alleine ist, Heimweh ist ein winziger Raum, der nach Eukalyptus riecht, Heimweh ist ein Zimmer mit alten braunen Möbeln und einem viel zu schmalen Bett, und das schlimmste Heimweh ist das, das nach einigen Monaten wiederkommt, viel stärker als zuvor und ausgerechnet dann, wenn man schon gar nicht mehr richtig daran gedacht hat.

Heimweh ist etwas sehr Einsames.

Und ich weiß, dass ich endlich Levins Plan ausführen muss, ich will es so sehr, dass ich mich, als ich wieder einigermaßen gesund bin, vor meine Schwester stelle, meine Hände auf ihre kleinen, knochigen Schultern lege, sogar ein wenig daran rüttele und Aoife dabei anflehe: »Would ye please talk to us again? Would ye ever stop stopping to speak?«

29

Das Erste, was mir in Levins Haus auffällt, ist die Einsamkeit. Schon im Flur kann ich sie fühlen, trotz der vielen Bücher, ich kann sie riechen, so als wäre hier jahrelang nicht gelüftet worden, in den Regalen und zwischen den Büchern und überhaupt in dem ganzen langen schmalen Raum, der menschenleer ist. Dabei stehen sie alle da, lauter Menschen: Levin, Ole, ihre Mutter und auch ihr Vater, der neben Levin einer Partnerkarte aus einem Memory-Spiel ähnelt: Beide tragen ein schwarzes, verblichenes, ausgeleiertes T-Shirt und die Shirts sehen sogar fast gleich aus, nur dass das Bild auf dem einen gelb und rot ist und das Bild auf dem anderen blau.

Unter dem gelbroten Bild steht *Use Your Illusion I*.

Unter dem blauen Bild steht *Use Your Illusion II*.

Meine Mutter ist die Erste, die im Bücherflur ihren Mund benutzt, eine Spur zu laut und eine Spur zu fröhlich sagt sie: »Da sind wir also. Danke für die Einladung. Hier sind ein paar Vorräte für den Herbst, und habt ihr vielleicht eine Vase?«

Sie hat Gartenblumen mitgebracht, die meisten gelb und rot, wie *Use Your Illusion I*, außerdem drei *Schwabes feinste Backwaren*-Brote, die in der Bäckerei übrig waren und die ihr Levin abnimmt. Es sind große, harte, schwere Samstagsbrote, aber als Levin aus Versehen eins fallen lässt, bleibt der Fliesenboden im Bücherflur trotzdem heil. Ich glaube, es ist das einzige Wunder, das je in diesem Haus passiert ist, aber dann sehe ich den, dem das Brot aus der Hand gefallen ist.

Der, dem das Brot aus der Hand gefallen ist, war vor ein paar Tagen ziemlich schnell gewesen. Als ich nach der Krankheit zum ersten Mal wieder in der Schule war, hat er mich gleich gefragt, wann wir denn jetzt eigentlich vorbeikommen, meine Mutter und ich, und ohne auch nur kurz zu überlegen habe ich gesagt: »Na, wir kommen natürlich sofort jetzt gleich am Samstag, also, wenn es bei euch klappt, bei uns passt Samstag jedenfalls ziemlich perfekt.«

Und das war im Grunde die Wahrheit, nur, die Wahrheit wackelte, denn meine Mutter hatte noch gar keine Ahnung von unserem Besuch bei Levins Familie und wie gut uns der Samstag passte, oder der Sonnabend, wie sie ihn hier nennen, auch nachmittags. Als ich ihr aber vorsichtig davon erzählte und darauf gefasst war, dass sie sich aufregt und fünfmal hintereinander Nein sagt, hat sie nur gemeint, dass sie auf jeden Fall ein bisschen *Schwabes feinste Backwaren*-Brot mitbringen wird und dass sie hofft, dass Henrike Blumen mag und nicht allergisch ist.

»Auf Brot?«

»Auf Blumen.«

Jetzt, im langen Bücherflur, ist aber leider nicht zu erkennen, ob Levins Mutter unsere Blumen gut findet, denn sie sagt nicht viel, versucht nur zu lächeln und ballt ihre Hände zu Fäusten und öffnet sie wieder, in regelmäßigen Abständen, so als müsste sie ausgerechnet hier im Flur und ausgerechnet jetzt ihre tägliche Fingergymnastik machen.

Kurz darauf sitzen wir im Wohnzimmer, an einem gedeckten Tisch mit Tassen und Tellern und einem Kuchen, der einfach nur aus übereinandergestapelten Keksen und Schokolade besteht. Die Tischdecke ist altmodisch: weiß und bestickt und nicht glatt gebügelt, dafür aber mit winzigen Kaffeeflecken verziert. Levins Vater ist der Einzige, der noch steht, sein T-Shirt spannt über seinem Bauch, und er fragt mich, ob ich Kakao trinken will oder sonst irgendetwas, ich sage: »Nein, danke.«

Er schaut mich verwundert an, nickt dann aber und fragt als Nächstes meine Mutter, er merkt nicht, dass ich sage: »Aber ...!«, denn für mich ist das Kakaogespräch noch lange nicht zu Ende, *Nein, danke* ist normalerweise erst der Anfang, bei *Nein, danke* weiß jeder gleich Bescheid. Bei uns in Irland geht das so: Wenn jemand ein Getränk angeboten bekommt, sagt er erstmal Nein, und dann geht das hin und her, der andere fragt: *Vielleicht lieber doch?*, und dann ist der eine wieder dran: *Nein, wirklich, bitte keine Umstände*, dann ist wieder der andere an der Reihe und fragt: *Nicht mal einen winzig kleinen Schluck, ein fast nicht vorhandenes Tässchen Tee?*, und dann sagt der eine wieder: *Hmh, na ja*, und der andere: *Macht auch keine Umstände*, und der eine: *Soll ich wirklich?*, der andere: *Aber ja*, und dann noch mal der eine: *Aber bitte nur ein winziges Tässchen*.

Jetzt sitze ich hier und habe nicht mal ein winziges Tässchen Kakao ohne Umstände bekommen, keine Apfelsaftschorle, die ich bei meinen Großeltern kennengelernt habe und über die ich mich jedes Mal aufs Neue wundere. Der viel zu süße Kekskuchen in meinem Mund wird immer mehr, und auch meine Mutter kann mich nicht retten, obwohl sie immer wieder ihren Kaffee-schwarz-und-mit-Zucker zu mir schiebt. Aber lieber ersticke ich und sterbe einen klebrigen Kekskuchentod, als diese finstere Brühe zu trinken.

Levin sitzt da und rührt in seiner Tasse. Mit dem Nagel des linken Daumens kratzt er einen kleinen eingetrockneten Fleck von der Tischdecke, er sieht aus, als wäre er am liebsten woanders, nein, es läuft nicht gut hier am Tisch. Fast alle schweigen, nur meine Mutter versucht ab und zu etwas zu sagen, zum Geschmack des Kuchens zum Beispiel oder zum Wetter oder dass *Use Your Illusion I* und *II* damals tolle Platten waren und dass von der Band danach aber nichts Nennenswertes mehr kam und dass das sowieso alles lange her ist. Während sie auf die Sätze der anderen wartet, kaut meine Mutter Kuchenkekse, und als die Sätze der anderen nicht kommen und auch ihre eigene Tochter nichts zu sagen hat, scheint sie endgültig aufzugeben.

Aber dann geschieht etwas.

Es ist Levins Mutter, die geschieht.

Sie hebt den Zeigefinger und sagt: »Moment mal, ich habe da gewissermaßen etwas vorbereitet!«, sie sagt es so laut und überraschend, dass ich mich an einem Keksstückchen verschlucke und lange husten muss. Levins Mutter nutzt die Zeit, um nach draußen zu gehen, sie geht gebückt, mit dem Kopf nach unten, mit langen hängenden Armen und irgendwie steifen Beinen. Obwohl ich laut huste, kann ich sie im Flur hören, sie wühlt und flucht und kommt irgendwann mit dem hässlichsten Turnschuhpaar zurück, das ich jemals gesehen habe. Jeder von uns hält es einmal in den Händen: weiße Sohle, weiße Schnürsenkel, dunkelblauer Stoff, ein furchtbarer Geruch nach Gummi.

»Was ist das denn jetzt? Und welche Marke soll das sein?«, frage ich entsetzt, und meine Mutter sagt »Marke DDR« und Levins Mutter sagt gleichzeitig »Marke Essengeldturnschuhe« und ich sage »Marke was?«.

»Essengeldturnschuhe.«

Levins Mutter überlegt eine Weile, ihr Blick geht hin und her und hin und her, sie runzelt ihre Stirn und entrunzelt sie wieder, denkt sie ganz glatt. Dann scheint sie bereit zu sein, mehr über die Schuhe zu erzählen, es ist ein langer Vortrag, den sie in viele kleine Portionen hackt, sie spricht wie ein altes Buch mit zerrissenen Seiten: »Also, diese Turnschuhe. Billig waren die. Unbequem und fürchterlich und, also billig waren die, die haben so wenig gekostet wie, gekostet haben die, also, das Gleiche wie fünfmal Essen in der Schulspeisung, lass dir das gesagt sein, Mädchen, und das Essen, das Essen war sehr, ich nenne es jetzt für dich: preiswert, das hat fünf Mark gekostet, wohlgemerkt, Montag bis Freitag, immer mit Kompott, und genauso wenig, die Turnschuhe haben genauso wenig gekostet, sozusagen jeder hat diese Turnschuhe getragen, weil sie so billig, na, und weil es sonst fast keine gab.«

»Schulspeisung, ist das so was wie die Speisung der Armen?«, frage ich, weil ich diesen Ausdruck mal irgendwo gelesen habe, und meine Mutter sagt sofort Ja, während Levins Mutter genau das Gegenteil behauptet, nämlich »Bitte, wie?«. Und dann fangen beide Frauen zu lachen an, zumindest kommt mir das so vor, aber genau genommen lacht nur meine Mutter. Levins Mutter zieht höchstens die Mundwinkel ungeschickt nach oben, trotzdem, sie lachen beide, die eine lacht einfach für die andere mit, und wie zwei kleine Mädchen bestaunen sie die immer noch hässlich-wie-die-nachtblauen Schuhe, so als würden sie für alles stehen, was sie je in ihrem Leben verloren haben.

30

Dann passiert etwas Schlimmes.

Levins Mutter fängt wirklich an zu lachen.

Doch es passt nicht, sie sagt überhaupt nichts Lustiges, im Gegenteil: Sie fängt an, meine Mutter zu beleidigen, und sie lacht dabei ein so unangenehmes Lachen, dass ich laut sage: »Könnte ich jetzt vielleicht doch etwas zu trinken haben?«

Aber keiner hört mich, keiner reagiert auf mich, Levins Mutter bewegt den Oberkörper immer wieder vor und zurück, als würde sie hier im Wohnzimmer Butterfly schwimmen, und beim Schwimmen redet sie und meine Mutter sitzt da mit leicht geöffnetem Mund, während die männlichen Hausbewohner ihre Münder streng verschlossen halten und der jüngste von ihnen seine Augen gleich noch dazu.

Ich weiß nicht, was Levins Mutter früher alles konnte und was sie mittlerweile verlernt hat, aber im Finden von Themen, die anderen Menschen wehtun, scheint sie sich gut auszukennen. Meine eigene Mutter verzieht keine Miene, und das ist seltsam, denn früher hätte sie plötzlich was im Auge oder einen dringenden Grund zum Nachhausegehen gehabt. Aber jetzt sitzt sie einfach still da und hört sich an, was Levins Mutter ihr mitzuteilen hat, und Levins Mutter hat ihr eine Menge zu sagen, sie sagt: »Wie ich höre, hast du nichts, Sonja Reincke aus Velgow, einfach nichts. Nichts geschafft im ... Leben.«

»Sonja *Keegan*«, sagt meine Mutter mit leiser, aber fester Stimme. »Keegan, das hab ich geschafft. Und drei der besten Kinder. Und: zurückzukommen, das hab ich auch hingekriegt.«

Aber Levins Mutter scheint ihr kein einziges Wort zu glauben. »Das ist die Strafe, die gerechte Strafe. Es gibt überall Hinweise darauf, dass du eine von denen bist. Ich kann nur sagen: gescheitert, mehr musst du nicht wissen, Sonja Reincke.«

Und mit ihrer lauten Stimme macht Levins Mutter noch eine Weile weiter, bleibt manchmal mit den Gedanken hängen, zerhackt ihre Sätze, schaut meine Mutter unglücklich und mit einem irgendwie grimmigen Lachen an und sagt zum Abschluss: »Nichts hast du ... zustande gebracht. Ein halbes Leben vertrödelt. Da staunst du, was?«

Die Stille danach.

Und die Menschen danach.

Meine Mutter, die überhaupt nicht zu staunen scheint, sondern irgendwie zur Ruhe gekommen ist nach all den Monaten, hier, jetzt, ausgerechnet.

Levins Mutter, in den Mundwinkeln Speichel, in den Mundwinkeln immer noch dieses unheimliche Lachen.

Mir wird auf einmal klar, dass wir hier viel zu pünktlich angekommen sind, denn wären wir später hier gewesen, hätte die Sache vielleicht gar nicht passieren können, es hätte einfach nicht genügend Zeit dafür gegeben. Aber meine Mutter wollte unbedingt auf die Minute pünktlich bei Levins Familie sein, sogar dann noch, als ich gesagt habe, »Germans. Obsessed with time«. Sie hat einen Bleistift genommen und so getan, als würde sie von meinem Kopf bis zu meinen Füßen eine Linie ziehen, genau in der Mitte, dann hat sie auf die linke Hälfte gezeigt und

»deutsch« gesagt, und auf die irische rechte, die unpünktliche, auch wenn es vielleicht genau andersrum ist, und als sie kurz darauf in ihre Schuhe geschlüpft ist, hat sie mir zugeraunt, dass ich ihr einfach meine deutsche Hälfte mitgeben soll, dann würden wir es vielleicht noch schaffen.

Levins Mutter hat auch etwas geschafft. Sie hat es hingekriegt, dass die drei anderen gleichzeitig aufspringen, Levin so dünn wie seine Mutter, der Vater und Ole mit kleinen Bäuchen, alle drei mit Gesichtern, die so müde aussehen, dass ich kurz verstehe, wie das sein muss, so leben zu müssen.

Meine Mutter versteht auch etwas, nämlich, dass wir sofort gehen müssen. Sie nimmt meine Hand, als wäre ich ein kleines Mädchen, dann stehen wir auf, nur Levins Mutter sitzt immer noch am Tisch und nickt in Richtung der hässlichen DDR-Turnschuhe, die neben ihrem Teller stehen. Trotzdem ist sie schneller im Flur als wir alle, läuft hastig an uns vorbei in die Küche, kommt mit den Broten von *Schwabe* zurück und schmeißt sie eins zwei drei vor unsere Füße: »Hier. Nehmt euer Gift wieder mit. Ich lasse mich ausdrücklich nicht vergiften. Auch nicht von denen da. Die legen mir dreimal am Tag Gift hin, aber das nehm ich schon aus Prinzip nicht mehr, weil es mich krank macht, die wollen, dass ... die machen mich krank.«

Levin, der mir an diesem Nachmittag noch ferner war als in den gesamten Sommerferien, scheint verschwinden zu wollen und geht zur Treppe, steigt zwei Stufen hoch, dann noch zwei. Auf seinem Rücken ist ein großer, länglicher Schweißfleck, obwohl es im Haus überhaupt nicht warm ist, er will einfach verschwinden, und ich rufe »Levin!«, nichts, ich rufe »Levin!«, nichts, und erst beim dritten Mal Levin, als er schon fast oben angekommen ist, bleibt er stehen und dreht sich zu mir um.

»Levin«, sage ich noch einmal, aber ganz leise jetzt.

Er schaut auf seine Füße.

Ich sehe ihn an und weiß, dass ich ihn nicht gehen lassen darf, obwohl er kurz davor ist. Mir fällt nichts ein, was ich ihm sagen und womit ich ihn zu mir zurückholen könnte, aber dann versuche ich es einfach mit einer kleinen, stinknormalen Drohung und rufe die Treppe hoch: »Bis Montag! Und wenn du wieder wegguckst, werde ich dich so lange ansehen, bis dir der Nacken wehtut und du nicht mehr kannst und dich wieder zu mir drehen musst, du guckst also besser gleich zurück.«

31

»Willst du Brot?«, fragt meine Mutter. »Scheint immer noch frisch zu sein.«

»No thanks«, rufe ich erschrocken und meine es genauso, wie ich es sage, überhaupt nicht irisch. Aber sie schneidet trotzdem eine Scheibe Brot ab, streicht Butter darauf und legt sie mir auf den blanken Tisch, auf dem sonst nur eine Vase mit Astern steht. Dann geht sie wieder zum Küchenschrank und wartet auf das Wasser im Wasserkocher, zwei Tassen stehen daneben, Tassen mit Bändchenteebeuteln. Ein Bändchen mit Papierschild hängt über den Tassenrand wie ein dünner langer Arm, den jemand über den Badewannenrand hält.

Es ist nach Mitternacht und meine Mutter und ich haben uns zufällig in der Küche getroffen, weil wir nach dem Nachmittag mit Levins Mutter beide nicht schlafen konnten. Wir wollen Tee trinken, meine Mutter hört aber leider nicht, wie der Wasserkocher zur Ruhe kommt und dass das Wasser fertig ist, sie steht einfach nur da und seufzt vor sich hin.

»Ich versteh das nicht«, sage ich zu ihr. »Warum wollte sie, dass wir sie besuchen? In Wahrheit wollte sie das doch gar nicht. So, wie sie sich aufgeführt hat.«

Meine Mutter hört nicht auf zu seufzen und überlegt einfach mit Geräusch, dann sagt sie: »Ja, stimmt, das passt eigentlich nicht. Aber wetten, Henrike wollte uns wirklich sehen? Wahrscheinlich weiß sie einfach nicht mehr, wie das geht. Leute sehen. Mit Leuten reden. Leute nicht zu beleidigen. Und Beleidigen, das kann sie auf jeden Fall richtig gut. Sie weiß genau, wo es wehtut. Auf den Millimeter genau.«

Es hat ihr also doch wehgetan, denke ich und fühle mich nicht wohl dabei, es ist mir peinlich. Ich mag es einfach nicht, dass meine Mutter ein Mensch ist, dem etwas wehtut.

Innen.

»Und die T-Shirts«, sage ich schnell zu ihr, um sie abzulenken. »Was glaubst du: Wieso haben Levin und sein Vater diese komischen T-Shirts an?«

»Ja, das hab ich auch überlegt. Verrückt, oder? Die scheinen alle aus einer anderen Zeit zu sein. Also, die T-Shirts. Vielleicht sind die eine Art Rüstung, damit Levin und sein Vater das alles aushalten, vielleicht werden wir es aber auch nie erfahren, manche Dinge bedeuten nämlich auch einfach gar nichts, die ergeben einfach keinen Sinn und sind einfach nur da. Übrigens musste ich an die *Bananas in Pyjamas* denken.«

»Was?«

»Die hießen B1 und B2, weißt du noch? Daran musste ich denken. *Use Your Illusion I* und *II*. Levin und sein Vater, die sehen natürlich etwas besser aus als die beiden Riesenbananen. Nicht ganz so bananig.«

Erst vor Kurzem habe ich gelesen, dass *Bananas in Pyjamas* keine irische Sendung war, sondern eine australische, ich habe die Bananen im Internet gesucht, so wie einiges, was ich verloren habe und endlich wiederfinden wollte, und vielleicht ist das so im Leben: Entweder ist etwas vorbei, oder es war die ganze Zeit vollkommen anders, als man geglaubt hat.

Oder es kommt in Wahrheit aus Australien.

Meiner Mutter scheint wieder eingefallen zu sein, dass wir Tee trinken wollten. Sie drückt ein zweites Mal auf den Wasserkocher, nimmt dann einen Ofenrost aus der Spüle, der dort zum Abtropfen lag, und wischt ihn mit einem Geschirrtuch trocken. Es sieht aus, als hätte sie eine große irische Harfe in der Hand, und mit der großen irischen Harfe in der Hand sagt sie: »Weißt du, man darf nicht dichtmachen. Das darf man einfach nicht.«

Es kommt ohne Vorankündigung, aber ich weiß, was sie meint.

»So wie dieser ... dieser Wolfgang Jensen?«

Meine Mutter schaut mich erstaunt an, sie sieht beinahe entsetzt aus, nickt dann aber. »Ja, wie Wolfgang Jensen. Ganz genau wie der. Zu viel Kirschlikör, zu viel Saurer Apfel, zu wenig, was ihm von früher geblieben ist. Sagt mein Vater. Und früher, da hab ich den Jensen gemocht.«

Früher hab ich dich auch gemocht, möchte ich sagen, aber irgendetwas stimmt daran nicht, es fühlt sich falsch an, denn gerade ist es schön, mit meiner Mutter in der Küche zu sein und keinen Tee zu trinken.

»Emma, weißt du, warum ich anfangs so oft bei *Schwabe* war? Ich hab versucht, mein Heimweh zurückzuholen. Das Heimweh, das ich all die Jahre hatte und das in meiner Nase immer nach Schwabes Brot gerochen hat. War sinnlos, leider. Das Heimweh nach Velgow ist in Dublin geblieben. Vielleicht haben es die Miss Blacks behalten. Geschähe ihnen jedenfalls recht.«

»Sind wir hierhergezogen, weil du Heimweh hattest?«

Meine Mutter hat plötzlich viel zu tun, sie schiebt den Harfenrost in den Backofen, zupft an den Teebeuteln in den Tassen und wischt einen Fleck vom Küchenschrank, dann erst antwortet sie: »Nein. Nein. Oder ja. Ein bisschen ja. Das Heimweh hat die Entscheidung sicher leichter gemacht. Und ein bisschen nein.«

»Warum dann, warum sind wir dann hier?«

»Na ja, das weißt du doch. Weil das Geld nicht gereicht hätte. Wir hätten in den Norden ziehen müssen, und nicht mal dann wäre es gegangen.«

Vor dem Norden von Dublin hat sich meine Mutter immer gefürchtet, der Norden beginnt, wenn du übern Fluss bist, wenn die Liffey hinter dir liegt, drüben im Norden ist alles schlecht. Man hat kein Geld und wohnt mit hundertzehn Leuten in einem Haus und ist kriminell, auch wenn man es gar nicht ist. Das Schlimmste ist, dass man in dummen Witzen vorkommt: Was sind zwei Northsider in einem Auto ohne laute Musik? Polizisten. Warum geht eine Southside-Frau mit einem Northside-Typen aus? Um ihre Handtasche zurückzukriegen.

So reden sie in Dublin über den Norden.

Das braucht kein Mensch.

Aber ein einziges Mal im Jahr gibt es das alles nicht, Norden, Süden, dann gibt es nur den Liffey-Fluss und Menschen mit Badekappen, die ihn entlangschwimmen, anderthalb Meilen lang und um die Wette und unter allen Brücken hindurch: unter der Rory O'More Bridge und der James Joyce Bridge zum Beispiel und der Millennium Bridge und der Ha'penny Bridge und der O'Connell Bridge und der Loopline Bridge.

Seit Jahren ist Granda Eamon beim *Liffey Swim* dabei, und jedes Mal haben ein paar von uns am Ufer gebrüllt, früher die ganze Familie und zum Schluss nur noch Nana Catherine und ich, und wie schön das immer aussah: die farbigen Badekappen und die flatternden Arme, wie tanzende Seerosen im flirrenden

Fluss, der für einen einzigen Tag im Jahr die Stadt nicht geteilt hat, sondern irgendwie selber die Stadt war.

»Woran denkst du, Emma?«, fragt meine Mutter und entschuldigt sich sofort dafür, sie sagt, dass sie diese Frage eigentlich hasst und sie nie jemandem stellen wollte und dass sie aber alt geworden ist und das leider vergessen hat.

»An den Fluss. Und an Himmelsrichtungen«, antworte ich, und meine Mutter fragt: »Norden?«

»Und Süden. Eigentlich alle.«

Meine Mutter winkt ab und drückt dann ein drittes Mal auf den Wasserkocher. »Blöd wird es nur, wenn wir vergessen, dass es einfach nur kleine, armselige Himmelsrichtungen sind«, sagt sie. »Wenn wir sie aufblasen. Auf Himmelsrichtungen kommt's nämlich eigentlich gar nicht an, weißt du, Himmelsrichtungen sind Quatsch.«

Ich glaube, dass auch der Satz meiner Mutter Quatsch ist, denn ich habe meine deutsche Großmutter schon oft sagen hören, »bei denen drüben im Westen«, als wäre es ein völlig anderes Land, obwohl sie einfach nur Leute gemeint hat, die ein paar Hundert Meilen weiter westlich wohnen. Und ich habe Nana Catherine nicht nur über den Norden von Dublin schimpfen hören, sondern vorsichtshalber gleich über den Norden der ganzen Insel, und ich nicke und sage: »Ja, das ist alles Quatsch.«

Dann ist es eine Weile fast still, nur der Kühlschrank brummt vor Kälte, das Wasser im Wasserkocher sprudelt vor Hitze, und oben geht jemand ins Bad, wir scheinen nicht die Einzigen zu sein, die nicht schlafen können.

»Emma«, sagt meine Mutter irgendwann, sie lehnt längst wieder am Küchenschrank. »Emma, wie geht es dir eigentlich? Du sagst ja nie was.«

Ich zucke mit den Achseln und das ist schon mal besser als die Wahrheit, für beide von uns, und meine Mutter lässt die Antwort auf jeden Fall gelten, seufzt und flüstert: »Mein Kind.«

Sie hat heute mehr gesagt als in den ganzen Monaten davor, und ich frage mich, ob das mit Levins Mutter und dem verkorksten Nachmittag zu tun hat, und wenn ja, wie so was überhaupt sein kann.

Das Wasser hat ein drittes Mal gekocht, und zum dritten Mal vergisst meine Mutter, es in die Tassen zu gießen. Aber es macht nichts, es ist gut so, wie es ist, gerade ist es gut. Mir fallen die Wörter ein, die ich heute Nachmittag gelernt habe, Kekskuchenwörter und Mutterwörter, ich denke:

Kalter Hund,

Essengeldturnschuhe,

schizophrene Psychose.

Etwas später, als sich meine Mutter verabschiedet hat, um einen neuen Schlafversuch zu starten, sitze ich immer noch am Tisch, denke an Levin und beiße irgendwann doch in die Brotscheibe, die die ganze Zeit vor mir auf dem Tisch gelegen hat.

Sie ist fast weich.

32

Es ist September, als es passiert.

Ich bin die Einzige, die es mitkriegt, auf jeden Fall merke ich es als Erste. Es kommt ohne Ankündigung, obwohl ich es mir ganz anders vorgestellt habe.

Obwohl ich mir sicher war, dass mir vorher jemand Bescheid gibt.

Dass jemand kommt und sagt, dann und dann geht es los, mach dich also bereit und such dir besser schon mal einen stabilen Stuhl, damit du dich rechtzeitig setzen kannst, sicher ist sicher.

Aber die Sache geschieht ohne Vorwarnung. Es ist eine ruhige Zeit, eine Zeit ohne besondere Tragödien und ohne besonderes Glück. In der Schule rede ich mit Levin und mit ein paar Mädchen aus der Klasse, Levin ist aber der Einzige, mit dem ich die Pausen draußen auf dem Schulhof verbringe. Er schämt sich immer noch für das, was ich neulich mit seiner Mutter erlebt habe, das weiß ich genau. Aber er geht mir wenigstens nicht aus dem Weg, und einmal sagt er, dass alles wieder schlimm geworden ist zu Hause und dass seine Mutter ihre Tabletten schon wieder nicht mehr nimmt.

Dara hat eine neue Freundin, eine mit nur einer Haarfarbe und ohne Haarbürstengeschenke.

Sonst ist alles beim Alten, und es bleibt auch so, jedenfalls so lange, bis dann eines Tages alles beim Neuen ist, an diesem einen warmen Septembernachmittag, an dem es passiert.

Ich höre es, als ich oben ins Bad gehen will.

Niemand unten im Wohnzimmer und in der Küche kriegt etwas mit, sogar die Welt dreht sich weiter und der Rasensprenger draußen im Garten höchstwahrscheinlich auch.

Ich schleiche auf Zehenspitzen und mit klopfendem Herzen Richtung Treppe davon. Die Stufen knarren so laut, dass ich bei jeder von ihnen Angst habe, den ganzen Zauber kaputt zu machen.

Draußen renne ich gleich nach hinten zum Schuppen, und je mehr ich mich ihm nähere, desto stärker klopft mein Herz. Ich lehne mich an die schmutzige Holzwand und bleibe eine Weile einfach stehen, versuche ruhig zu atmen, schaffe es aber nicht. Dann endlich rufe ich Levin an, höre das deutsche Freizeichen, das nicht so schön doppelt und gehüpft wie das irische ist, ich bin ein einziges Herzklopfen ohne Atem.

»Emma«, sagt Levin.

»Levin«, sage ich.

Dann halten wir beide den Mund, dann rufen wir uns gegenseitig unser Schweigen ins Ohr, vielleicht ahnt Levin etwas, vielleicht sollte ich einfach auflegen. Aber ich bleibe dran und flüstere: »Stell dir vor, die Nachbarin ist schon wieder bei uns.«

Levin sagt nichts, wahrscheinlich ist er über Nacht schwerhörig geworden und hat mich nicht verstanden, und habe ich ihm überhaupt je von Regina Feldmann erzählt? Aber ich rede einfach weiter, sage leise: »Stell dir noch was vor. Aoife spricht wieder.«

Levin schweigt, er ist ganz still, dabei könnte er alles Mögliche dazu sagen, immerhin haben wir monatelang auf diesen

Moment gewartet. Dann höre ich ihn atmen, und das ist besser als nichts, aber als er anschließend immer noch ohne Worte ist, spreche eben ich sie für ihn aus.

»Levin«, sage ich, und dann frage ich: »Wann fahren wir los?«

33

Ich glaube, ein Abschied beginnt spätestens dann, wenn man genau zählen kann, wie oft man sich noch sehen wird.

Oder wenn man es ungefähr sagen kann.

Oder wenn man nicht weiß, ob man sich überhaupt noch mal sieht.

Nächsten Samstag soll es losgehen, es ist das einzige Wochenende, an dem Ole Zeit hat, vielleicht legt er sich ja vorher noch ein Cabrio zu, damit die Fahrt nach Zeebrugge zu meinem Traum passt.

Levin gibt sich keine Mühe, mir vorzuspielen, dass er den Plan noch gut findet, ganz still ist er, irgendwie mürrisch, in Gedanken immer anderswo. Aber wenn ich ihn darauf anspreche, winkt er ab und sagt, dass er es versprochen hat, also ziehen wir das jetzt durch.

»Und du, Emma?«, fragt er einmal vorsichtig. »Willst du wirklich hier weg? Immer noch?«

»Klar, wieso?«

Levin dreht sich sofort weg, so schnell, als hätte ich ihm eine Ohrfeige gegeben.

Einmal bringt er mir ausgedruckte Fotos vom Fährhafen in Zeebrugge mit, aber auf keinem kann ich den Eingang erkennen, nur die weiße Fähre ist gut zu sehen, und es kommt mir ein bisschen so vor, als hätte Levin extra die schlechten Bilder ausgesucht, damit ich abgeschreckt werde und mir die ganze Sache anders überlege.

Am Samstag geht es los, und vorher will er nicht mehr darüber reden, *kein Wort, Emma,* er ist so unfreundlich zu mir, dass ich fast glaube, er will mir den Abschied so leicht wie möglich machen.

Ich frage mich, warum in meiner Familie keiner etwas ahnt. Eigentlich müsste mir jeder meine Flucht ansehen, alles, was ich tue und sage, müsste mich verraten.

Vor allem das, was ich nicht sage.

Jeden Abend im Bett überlege ich, worauf ich mich freue. Ich freue mich darauf, wieder ein richtiges Zuhause zu haben, ich freue mich auf Granda Eamon und Nana Catherine und zum ersten Mal auch wieder auf meinen Vater. Ich freue mich auf die Palmen in den Einfahrten und die Fuchsienhecken und die vierzehn Schneeflocken pro Winter, ich freue mich darauf, Levin von zu Hause Nachrichten zu schicken, ich freue mich darauf, dass mich die Leute wiedererkennen, viel mehr als hier, *Hiya, how's it goin'?,* ich freue mich auf meine alte Schule, aber kann ich da überhaupt noch hin?, ist sie nicht viel zu weit weg von Granda Eamon und Nana Catherine?, ich freue mich auf Anthony Murray und die Miss Blacks, vielleicht treffe ich sie zufällig, wenn ich mal nach Cherrygarth komme, aber werden sie mich noch erkennen?, ich freue mich auf Schiebefenster und auf den echten irischen Wind und dann noch auf mein ganz normales Leben, in dem ich ein Zimmer für mich allein habe, aber wo wird das sein?, ich freue mich darauf, nicht mehr so viele Fragen zu haben, ich freue mich auf –

Und mehr weiß ich nicht.

34

Im Irischen gibt es dieses sonderbare Wort, *Ceiliúradh,* und was ich daran seltsam finde, ist, dass es so vieles auf einmal bedeutet, *Abschied* zum Beispiel, *Verschwinden* und verrückterweise auch *Fest.*

Nichts, das irgendwie zusammenpassen würde.

Aber jetzt, als ich in Aoifes und meinem Zimmer am Schreibtisch sitze und auf Levin und Ole warte, weiß ich, dass das Wort recht hat. Denn während ich oben einen Brief an meine Mutter schreibe, um mich zu verabschieden, bereiten sie unten ein Gartenfest vor. Alle sind da, meine Mutter und meine Geschwister, meine Großeltern und Regina Feldmann mit ihrer Enkelin, sogar eine Schwester meiner Mutter ist mit ihrer Familie gekommen, es ist das erste Wiedersehen nach sehr langer Zeit, und ich denke, dass das also meine Tante ist, mein Onkel, meine Cousine, mein Cousin.

Auf dem Schreibtisch liegt ein hoher Stapel von Aoifes leeren Klebezetteln, ein Turm hellgelbes Schweigen, Aoife braucht die Zettel nicht mehr. Von meinem Platz aus sehe ich meine kleine Schwester unten mit unserem Großvater Lampions aufhängen, sie redet die ganze Zeit auf ihn ein und er lacht dazu, es stimmt: Nicht mal ein Fisch ist stumm wie ein Fisch.

Nicht mal Aoife.

Ich schreibe: *Dear Ma, ich halte es hier nicht mehr aus,* und meine Mutter und ihre Schwester bringen Stühle nach draußen, es sieht nicht so aus, als würden sie miteinander reden, aber sie lächeln beide vor sich hin. Die blonden Strähnen meiner Mutter sind mittlerweile herausgewachsen, das fällt mir jetzt zum ersten Mal auf. Ich dachte, das würde ewig dauern.

Dara lehnt an einem der Apfelbäume und tippt eine Nachricht, er hat sich seit unserem Umzug im Januar kein einziges Mal beschwert und sieht, wie er da am Baum steht, beinahe froh aus.

Ich war hier immer traurig, schreibe ich in den Brief, aber dann sehe ich meine Großmutter und Regina Feldmann Likör trinken, sie prosten sich zu und ich flüstere ihnen von oben »Sláinte!« zu, obwohl sie wahrscheinlich etwas anderes zueinander sagen, etwas wie: *Nich lang schnacken, Kopp in' Nacken,* das habe ich hier schon oft gehört.

Sie heben die kleinen Gläser weit über ihre Köpfe, vielleicht haben sie bei *Yoga Ü 50* dafür trainiert, und sie schauen sich an, trinken mit abgespreiztem kleinen Finger, es ist ein wirklich lustiger Anblick. Also streiche ich das Wort *immer* durch und finde erst nach einer Weile einen einigermaßen passenden Ersatz, ein kleineres und leiseres Wort für *immer,* ich schreibe: *Ich war hier oft traurig,* und rot und grün und blau leuchten die Lampions, obwohl es draußen noch lange nicht dunkel ist an diesem frühen Septemberabend, und der Garten ist voller Menschen, *ich war hier manchmal traurig.*

Keiner da unten weiß, dass ich bald weg sein werde.

Im Brief erzähle ich meiner Mutter von meinem Heimweh und entschuldige mich in jedem zweiten Satz, ich schreibe, dass ich sogar Levins Mutter verstehen kann, weil sie vielleicht auch Heimweh hat, auf jeden Fall lebt sie schon lange nicht mehr richtig hier, *dear Ma, lass mich bei Granda Eamon und Nana Catherine wohnen,* meinen Vater lasse ich weg. Ich schreibe, wie schwer mir das Herz war, wenn ich mit Aoife morgens im Schulbus saß, und ich schreibe noch dazu: *wenigstens in den ersten Monaten,* denn manchmal war mir das Herz ganz leicht, weil ich mich auf die Schule gefreut habe, ich schreibe, dass das deutsche Brot besser schmeckt, als ich dachte, dass ich aber trotzdem wieder *Soda Bread* und *Irish Pride Sandwiches* essen will, *weißt du, es ist jetzt ganz sicher, ich gehöre einfach nicht hierher.*

Im Garten decken die Schwester meiner Mutter und ihr Mann den Tisch, Tomaten, Kartoffelsalat, ein paar Flaschen Wasser, sie werden im *Meerkrug* übernachten, in einem Fremdenzimmer, obwohl sie hier viel weniger fremd sind als ich. Dass einer von ihnen auch in meinem Bett übernachten könnte, das ahnen sie noch nicht einmal, und Peppy springt jetzt dickbäuchig um den Tisch herum, der immer voller wird, Teller, Gläser, eingelegtes Fleisch aus dem Fleischwarenbus, der seit Kurzem einen neuen Anstrich hat: grünbraune Würstchen, die wie lauter missratene Gurken aussehen.

Es tut mir leid, dass du eine schlimme Nacht hattest, schreibe ich weiter, die schlimme Nacht habe ich leider mit eingeplant, die schlimme Nacht, die kommt erst noch, dieser Moment, wenn meiner Mutter klar wird, dass ich immer noch nicht zurückgekommen bin, der Anruf bei Levins Eltern und die langen Stunden bis zum nächsten Morgen, wenn sie das Kissen aufschüttelt und meinen Brief findet, denn genau dort will ich ihn verstecken, *es tut mir leid, aber anders wäre es einfach nicht gegangen.*

Als Oles Auto unten auf der Straße hält, habe ich eine ganze Seite geschrieben und klebe schnell noch einen von Aoifes unbenutzten Zetteln dazu.

Für alles, was ich *nicht* sagen kann.

Der Rucksack, den ich gepackt habe, steht auf meinem schönen neuen Bett und ist ein bisschen zu groß für das, was ich vorhin meiner Mutter gesagt habe: dass ich mit Levin schwimmen fahre und dass es schon lange geplant ist, *ich weiß, ausgerechnet heute.* Der Rucksack ist ein bisschen zu klein für das, was ich mitnehme: mein Leben in Velgow.

Ich gehe ein Zimmer weiter, und obwohl ich keine Zeit habe, lege ich meinen Kopf kurz auf das Kissen meiner Mutter, *Kopfkissen* ist für mich das schönste deutsche Wort, denn genau das ist es, *a kiss for the head.* Dann richte ich mich auf, stecke schnell noch den Brief unter das Kissen und gehe nach unten. Im Haus haben sich die Gerüche längst vermischt, es riecht jetzt nach uns allen, jung, mittel, alt, Velgow, Dublin, und außerdem riecht es noch nach Rauch, der durch ein Fenster hereingekommen ist.

Als ich draußen stehe, sehe ich eine Feuerschale mit Flammen, es ist wunderschön, voller Funken, und der Anblick macht mich nicht froh. Schnell winke ich allen zu und verabschiede mich wie eine, die schon in ein paar Stunden zurück sein wird, und auch die anderen winken so nebenbei zurück, als würden sie mich bald oder jemals wiedersehen. »Viel Spaß«, sagt mein Großvater, »das ist aber ein großer Campingbeutel«, sagt meine Großmutter, und als ich schon am Auto stehe, ruft mich meine Mutter. Ich drehe mich um und sehe in ihr beinahe strahlendes Gesicht, »grüß Levin von mir, und Ole natürlich, grüß die ganze Familie von mir, wenn du sie siehst, besonders Henrike«.

»Ja«, rufe ich und denke: *No way.*

Erst dann sehe ich es.

Ich meine, ich kann gut damit leben, dass Oles Auto eine

uralte Schrottkarre ist, Farbe: Rot und Rost, Baujahr: *the Late Middle Ages,* vielleicht wird die Fahrt nach Belgien und zurück die letzte sein, die dieses Auto in seinem Leben schafft, bevor es ein paar Abschiedsgeräusche von sich gibt und zu qualmen anfängt und dann endgültig und für absolut immer auseinanderbricht.

Aber das ist nicht schlimm.

Was mich schockiert, ist etwas anderes.

Was mich schockiert, ist, dass nicht Levin auf der Rückbank sitzt.

Sondern seine Mutter.

35

Levin steigt aus, er trägt ein weißes U2-T-Shirt, das neu aussieht und auf dem *Electrical Storm* steht, aber ich sehe gleich, dass es ihn nicht schützen kann, es ist so weiß wie sein Gesicht, so weiß wie seine Lippen, er sagt: »Emma, weißt du, ich kann's eigentlich gar nicht erklären, sie wollte eben unbedingt mit, weil wir gesagt haben, dass wir schwimmen fahren, sie hat getobt und geweint und alles, und dann mussten wir sie mitnehmen, nur kurz, wir bringen sie dann nach Hause und dann fahren wir wirklich los, Emma, tut mir wirklich leid, wir konnten nichts dagegen tun, ehrlich nicht, sie schwimmt so gern, sie war ewig nicht im Meer, richtig geschrien hat sie.«

»Ah no, it's grand, it's fine with me«, sage ich, aber das ist mehr als gelogen. Schnell packe ich mein Velgower Leben in den Kofferraum und setze mich nach hinten zu Levins Mutter, die mich streng ansieht und immer wieder den Kopf schüttelt, als hätte ich hier absolut nichts zu suchen. Überall im Auto liegen Wasserflaschen, vorn bei Levins Füßen stehen zwei gefüllte Plastiktüten, in denen ich Bananen erkennen kann und Schokolade.

Als wir losfahren, sehe ich mich nicht um.

Aus dem Autoradio kommt Musik, aber nicht mal annähernd die, von der ich geträumt habe. Stattdessen singt eine deutsche Sängerin über ihre Luftprobleme, sie klingt nach Radio MV.

Ein paar Sekunden später begreife ich etwas. Ich weiß plötzlich, dass meine Mutter morgen früh nicht unter ihr Kopfkissen sehen wird, weil sie nämlich gar nicht erst schlafen wird, sondern die ganze Nacht aufbleibt und auf mich wartet, sie wird den Brief erst viel später finden und lange nicht wissen, dass sie sich keine Sorgen um mich machen muss. Ich begreife es im Bauch, erst danach in meinem Kopf, der zu brennen beginnt und zu hämmern, und das ist erst der Anfang. Ich sehe plötzlich die ganze große Reise vor mir, und nichts ist mehr sicher, vor allem, ob ich überhaupt eine große Familie finde, zu der ich mich heimlich dazustellen kann, oder auch nur irgendeine Familie, denn vielleicht wollen ja nur ein paar alte Ehepaare auf die Fähre, um einen Ausflug nach Hull zu machen.

Der ganze schöne Plan beginnt zu wackeln, hinten auf der Rückbank, direkt neben Levins wackelnder Mutter, und ich frage mich, ob ich, wenn ich zurück in Dublin bin, noch das Heimweh fühlen kann, das ich seit Januar mit mir herumgetragen habe, oder ob ich es verliere, so wie es meiner Mutter passiert ist.

Und ob ich es dann erst mühsam zurückholen muss.

Draußen die Landschaft sieht besser aus als sonst, die leeren Äcker mit den Strommasten und in der Ferne die Windräder, der Himmel hier, den ich heute zum letzten Mal sehe, und es ärgert mich, dass alles so schön ist. Jetzt merke ich auch, dass ich das Schweigen hier im Auto nicht mehr aushalten kann, das Schweigen und die Unruhe neben mir, die zusammen ein schreckliches lang gezogenes Geräusch ergeben, ich brauche dringend eine Ablenkung, und deshalb frage ich in die stumme Runde: »Könnte mir jetzt endlich mal jemand sagen, wer diese Angelina Wuttke vom Silo ist? Wohnt die hier irgendwo, kennt die irgendwer, ist jemand mit der befreundet, ist jemand in die verliebt?«

Neben mir höre ich einen seltsamen Laut, der wie ein Glucksen klingt, aus Levins Richtung kommt ein schwaches »Was, wieso das denn?«, aber Ole fängt einfach zu reden an, er ist der Erste, der mich nicht abwimmelt und der über die Sache spricht.

Denn es geht hier tatsächlich um eine Sache.

Wie ich jetzt erfahre.

Ole guckt kurz nach hinten und erklärt dann: »Angelina Wuttke ist eine Sexpuppe.«

»Was?«, rufe ich nach vorn. »Wie bitte, du spinnst doch!«

Ole bleibt ganz ruhig. »Es ist nicht so, wie du denkst. Angelina ... die Puppe, die ist immer mit dabei in der Kamke-Scheune, die hat sogar ihren eigenen Platz, seit sie so löchrig ist, billiger Gummi, Ausschussware, ein Freund von Simon hat sie drüben in Swinemünde gekauft, obwohl ... also, er hatte nie vor, mit der Puppe, na, du weißt schon, die hat immer einfach nur bei uns gesessen, ehrlich, die sitzt nur rum, und jetzt ist eben ein wenig die Luft raus. Es ist also alles ganz ... platonisch.«

Ole fängt an, über sich selber zu lachen, erst verkrampft, aber dann etwas lockerer, glucksender, obwohl es immer noch nichts Leichtes hat, und ich denke wieder an die *Bananas in Pyjamas*, die eigentlich australisch sind, und daran, dass in Wahrheit sowieso immer alles ganz anders ist, als man geglaubt hat.

Auch Levin macht glucksende Geräusche. Er hat sich die dunklen Haare zusammengebunden und lacht dieses Lachen, das ich lange nicht mehr gehört habe und das mir gefällt, wir lachen jetzt alle, sogar Levins Mutter versucht es, und ich nutze die Gelegenheit und lache gleich noch über Levins U2-T-Shirt, nachträglich, weil er es wahrscheinlich nur meinetwegen angezogen hat, es ist eine seltsame Autofahrt zu einem Strand, den ich noch nicht kenne, es ist eine laute Fahrt, und vielleicht können wir deshalb die Banshee nicht hören.

36

Das Meer ist eine Stirn mit Sorgenfalten, überall Grau, überall Sorgen. Sonst scheint hier keiner beunruhigt zu sein, auch wenn Levins Mutter allen Grund dazu hätte, nicht nur heute, und obwohl wir anderen längst unterwegs sein wollten und jetzt wahrscheinlich schon auf der Autobahn wären.

Normalerweise.

Wenn alles nach Plan verlaufen wäre.

Aber ich bin jetzt ganz ruhig, alles ist ruhig an diesem Strand. Ole sucht auf seinem Mobile Phone nach Staumeldungen und Levin sitzt neben mir im abendgrauen Sand, die Arme um die Schienbeine geschlungen, während sich seine Mutter den ausgeleierten Badeanzug zurechtzupft. Ein Wind fährt ihr durch die Haare, es ist nicht mehr richtig warm, man merkt, dass der Herbst nicht mehr weit ist. Ich versuche mir vorzustellen, dass ich *dieses* Meer nie wieder sehen werde, und nicht nur das Meer.

Schon wieder überlege ich, wie meine Mutter reagieren wird, wenn ich heute nicht nach Hause komme, und tief hängt der Himmel über diesem Abend, tief wie nördliche Stromleitungen, es ist mein allerletzter Abend hier.

Levin zieht einen Briefumschlag aus seiner Hosentasche und sieht mich nicht an, als er ihn mir gibt. In dem zerknitterten Umschlag sind ein Fahrplan von *P & O Ferries* und jede Menge Geldscheine, rot und blau und braun, dieser säuerliche Geldgeruch, dieser warme Stich, als ich den kleinen Stapel sehe. Levin sagt in Richtung Meer: »Das habe ich gespart. Für ... also, du kannst dir in Hull eine Fahrkarte kaufen, dann musst du wenigstens nicht trampen.«

Ich weiß nicht, was ich sagen soll, *Danke* schaffe ich nicht, aber aus meinem Mund springt ein halbes Schluchzen, ich kann es nicht mehr verhindern, und *Danke* muss ich jetzt zum Glück nicht mehr sagen. Levin hat *Emma* auf den Umschlag geschrieben, mit seiner krakeligen Schrift, die ich zum ersten Mal auf seiner gelben Mappe gesehen habe, eine Ewigkeit ist das her.

Nach *Emma* hat er einen Punkt gesetzt.

Der Punkt ist wie ein kurzes, leises Husten.

Eine kleine Sekunde lang.

Levins Mutter ist mittlerweile im Wasser und sieht aus wie das reinste Glück, fast wie ein Kind. Sie ruft Wörter, die ich nicht verstehen kann, keins davon, aber sie klingen froh und leicht.

Das ist es.

Levins Mutter ist *erleichtert*.

Sie streicht mit den Händen über die Wasseroberfläche, sie streichelt das Meer, genauso kommt es mir vor, vielleicht hat sie Ole und Levin früher so die Wangen gestreichelt, abends im Bett, als sie noch mal nach ihnen gesehen hat, früher, vor vielen Jahren, als noch genügend Kraft für das Streicheln von Wangen vorhanden war.

Sie taucht bis zum Hals ins Wasser ein, steht wieder auf, fährt mit den Händen durch die Wellen, man sieht ihr nicht an, dass ihr das Ich durcheinandergeraten ist, so wie man den alten Miss Blacks von gegenüber auch nie angesehen hat, dass sie gar keine Schwestern sind, obwohl sie immer so getan haben. In Wahrheit sind sie Mutter und Tochter, alle auf Cherrygarth wussten heimlich Bescheid: die Schwangerschaft der einen Miss Black mit fünfzehn, und wie sie schnell weggeschickt wurde zu einer fernen Tante und dann später mit dem Baby zurückgeholt wurde und das Kind als neue Tochter von Miss Blacks Mutter herhalten musste, und die war vorher extra mit einem Kissen unterm Pullover herumgelaufen, es ist kompliziert und ein bisschen traurig und ein einziges Durcheinander, und wirklich, man hat es den alten Miss Blacks nicht angesehen, denn was sind sechzehn Jahre Altersunterschied, wenn man schon ungefähr zweihundert Jahre alt ist, und zwar *nicht* zusammengerechnet. Ich frage mich, ob Miss Black und Miss Black hinter ihren dampfenden Teetassen jemals richtig glücklich waren, ohne schwere Herzen und ohne ihre kleinen, boshaften Blicke, und ob eine von ihnen je einen Briefumschlag bekommen hat, auf dem ihr Vorname stand, mit einem Punkt dahinter.

Levins Mutter ist jetzt weiter ins Meer hineingegangen, das Wasser reicht ihr bis zur Brust, mal schwimmt sie ein paar Züge, mal bleibt sie stehen, und immer noch sieht sie froh und entspannt aus, sie ist eine schwarze Form im silbern glitzernden Meer. Dunkler ist es geworden, der Himmel ist grau und so weiß wie Blüten, schwer hängen die Wolkenfladen herunter. Der Sand, auf dem ich sitze, ist kalt, weiße Muschelteilchen und Steine leuchten gegen das körnige Grau, und ein letztes Mal hier sein, ein letztes Mal Levin sehen, neben mir.

Goodbye, Levin.

Bye now.

Von der Seite und im Abendlicht sieht sein Gesicht aus wie das seiner Mutter, Stirn, Nase, Kinn, alles sanft, und ich verstehe auf einmal, was meine eigene Mutter damals nach der Begegnung im Supermarkt mit *schön* gemeint hat. Mir fällt wieder ein, wie oft sie das Lied *Electrical Storm* in unserer Küche auf Cherrygarth gehört hat, wie oft sie überhaupt Musik gehört hat: meine Mutter, wie sie früher war, und ich sehe wieder zum Meer, wo sich Levins Mutter jetzt in die funkelnden Wellen wirft, *the sea it swells like a sore head,* sie lässt sich nach hinten fallen und nach vorn, reckt die Arme nach oben und sieht aus wie das Mädchen, das meine Mutter mal gekannt haben muss, früher, als alles noch gut war, bei beiden.

Baby don't cry.

Und dann ist Levin ganz nah und ganz warm, ich schließe die Augen und ein Wort schießt mir durch den Kopf, *home* schießt mir durch den Kopf, weil *Heimat* zu lange dauert, zwei endlose Sekunden, keine Zeit dafür, und auf der Haut kann ich fühlen, dass *home* dort ist, wo du gemocht wirst, wo dich zwei Menschen mögen oder zwanzig oder nur einer, einer reicht völlig, *home* ist, wo jemand neben dir sitzt und dich ohne Vorwarnung mit einer Vierteldrehung von rechts nach links umarmt und dir den kleinsten Kuss der Welt gibt, ein paar Millimeter Durchmesser und seitlich am Hals und so leicht und so warm wie die Nase eines sehr kleinen Tieres, *home* ist, wenn du zum ersten Mal denkst, hier könntest du bleiben jetzt, vielleicht bis zum Schluss, und *home,* das hört genau dann auf, wenn du nach höchstens einer Sekunde wieder die Augen öffnest und aufs Meer schaust, auf die dunklen Wellen und das Glitzern und die Gischt, wenn dein Herz von innen deinen Brustkorb zerklopft und du so glücklich bist wie noch nie im Leben und wenn du dann, plötzlich, etwas merkst.

Wenn du merkst, dass Levins Mutter im Meer verschwunden ist.

37

Wenn man einen Menschen aus dem Wasser retten will, muss man ein paar Dinge beachten, weil sonst alles schiefgeht und dann sind *beide* tot. Das hat Granda Eamon manchmal zu mir gesagt, damals, nachdem wir am Seapoint schwimmen waren und vom Steinplattenufer noch eine Weile aufs graue Wasser gesehen haben, in unsere Handtücher gewickelt und umzingelt von den alten Badeschuhen noch älterer Männer. Wenn man einen Menschen vorm Ertrinken retten will, hat Granda Eamon gesagt, muss man vor allem an sich selbst denken, oberste Regel: Nimm einen Stock mit, irgendeinen Gegenstand, irgendwas, nur, reich dem Ertrinkenden niemals deine Hand.

Aber der wichtigste Punkt war immer, dass dann, wenn es wirklich passiert, sowieso alles ganz anders ist und man sich vollkommen neue Regeln ausdenken muss.

Jetzt, als ich das mutterlose Meer sehe, habe ich nur drei Gedanken, erstens: hinein, zweitens: sofort, und drittens, dass ich ausgerechnet heute Unterwäsche mit Zitronenscheibenmuster trage, aus dem Sale von *Dunnes Stores,* spottbillig und nicht besonders schön. Es sind Zitronenscheiben mit Gesicht, und jede Zitronenscheibe lacht.

Alles geht ganz schnell.

Bevor die beiden Brüder gemerkt haben, dass das Meer ihre Mutter verschluckt hat, drücke ich Levin den Umschlag mit dem

Geld in die Hand und springe auf, ziehe mir mein Shirt über den Kopf und steige in Lichtgeschwindigkeit aus meinen Schuhen und meiner Hose. Dann haben es auch Levin und Ole verstanden, beide schreien irgendetwas und ich renne los, denn wenn jemand ertrinkt, muss man ihn retten, ich renne und renne, durch den Sand und durch den zerknäulten glitschigen Seetang, durch die Perlenketten aus winzigen Quallen und später durch das flache kalte Wasser, dann springe ich in die Wellen und schwimme, schwimme, schwimme zu der Stelle, an der ich Levins Mutter zuletzt gesehen habe, sie ist nicht sehr weit vom Ufer entfernt, also werde ich sie finden, das weiß ich, und oben in der Luft bestehe ich nur noch aus Armen und unten im Wasser nur noch aus Beinen, ich bestehe nur noch aus Angst.

Und ich werde sie finden.

Dann tauche ich unter, und unten im Wasser beginnt der schlimme Teil, oben war es viel leichter, oben war die Welt, und in der Welt waren Levin und Ole und ich. Hier unten, da gibt es nur mich und meine Angst und, irgendwo, Levins Mutter, hier unten bin ich die Einzige, die dafür sorgen muss, dass es sie auch weiterhin gibt, ab jetzt liegt es nur noch an mir, wie viele Leben gleich kaputt sein werden, und deshalb werde ich sie finden, ich tauche durch das dunkle trübe Wasser und kann nichts sehen, *show up, please, show up!*, und ich fühle es im Bauch, ich fühle, dass ich keine Chance habe, aber ich mache weiter, schwimme immer wieder nach oben, um zu atmen, dann stoße ich wieder nach unten, weil ich sie finden werde, und manchmal ist es nicht gut, wenn man selbst unter Wasser ist und der andere auch, vor allem, wenn der andere verrückt ist und man selber nicht, das Wasser ist schwarz, die Zeit ist schwarz, nein, es gibt überhaupt keine Zeit hier unten.

Keine Sekunden, die vergehen.

Zeit gibt es nur oben, an der Luft.

Ich tauche durch die flüssige Dunkelheit und durch die Stille, die jetzt eine andere ist als die freundliche Wasserstille, die ich kenne, und Tauchen heißt: mein klopfendes Herz durchs Meer tragen an den Algen und den Fischen und den Quallen vorbei, Totsein heißt: dem Meer gehören und den Algen und den Fischen und den Quallen, Tauchen, Totsein, Tauchen, und blind bin ich hier unten im trüben Wasser, fast über dem Meeresgrund, aber ich höre nicht auf, tauche nach links und nach rechts und sonst wohin, nur nicht aufgeben, dranbleiben, drinbleiben, ganz unten überm Grund, Levin die Mutter zurückbringen, und das ganze Wasser hier, das Wasser und das Wasser, die Dunkelheit, und weitermachen, Luft holen, wieder tauchen, und ich werde Levins Mutter finden, ich tauche, taste, und dann fange ich unter Wasser an zu weinen, das Wasser wird ein bisschen wärmer dadurch, in Augennähe, aber sonst ist alles kalt.

Denn ich finde sie nicht.

Als ich es begreife, verstehe ich es überall, im ganzen Körper, und trotzdem mache ich weiter, auch wenn alle anderen schon aufgegeben haben, meine Beine, meine Arme, meine Hoffnung, ich tauche durch das dunkle Wasser, hinauf zum Luftholen, hinunter zum Boden, am Grund entlang, und die ganze Zeit weiß ich, dass sie fort ist, ich weiß jetzt endgültig, alles ist vorbei.

Aber dann.

Ich meine, am Ende ist es höchstens Zufall.

Ein trauriges, völlig übertriebenes Glück.

Denn auf einmal schwimme ich ihr in den Weg und kriege sie zu fassen.

Ich habe den ganzen Sommer dafür geübt.

38

Sie ist so leicht wie ein Vogel.

Ich trage sie aus dem Wasser, die Frau, die ein bisschen älter als meine Mutter ist und einen ausgeleierten Badeanzug aus einem ganz anderen Jahrhundert trägt, die Farben sind verwaschen, blau, gelb, grün, ich spüre den knochigen Rücken und die fast nicht vorhandenen Pobacken, sie ist so leicht, denke ich immer wieder, so wahnsinnig leicht, sie ist so leicht wie ein sehr zarter Vogel.

Und trotzdem.

Vorhin, als wir sie vom Strand aus beobachtet haben, da war sie nicht leicht und auch nicht erleichtert, im Gegenteil. Levins dünne Mutter hat sich so schwer gemacht, wie es nur ging.

Als wir endlich aus dem Wasser raus sind, kommt ein Mann, den ich nicht kenne, und hilft mir, sie in den Sand zu legen. Sie liegt jetzt auf dem Rücken und hat die Arme zu den Seiten gestreckt wie jemand, der sich ein für alle Mal ergeben will. Levin und Ole, die gerade noch im flachen Wasser auf mich gewartet haben, stehen jetzt hinter mir und ich nehme den Kopf ihrer Mutter in meine Hände und kippe ihn nach hinten, ihre Lippen schimmern lila, die Wangen sind weich und weiß und kalt. Mit ihren Augen könnte sie direkt in den Abendhimmel sehen, wenn sie nicht zufällig geschlossen wären und wenn der Abendhimmel noch irgendwas bedeuten würde.

Genau jetzt müsste ich Levins Mutter ansprechen und fragen, ob sie mich hört, aber ich kann nur »Jaysus, what the Jaysus!« rufen, und wahrscheinlich ist damit alles gesagt.

Sie antwortet trotzdem nicht.

Bis zum Bauch decke ich sie mit der alten Autodecke zu, die wir vorhin als Handtuchersatz mit an den Strand genommen haben.

Levins Mutter rührt sich nicht.

Der fremde Mann kniet auf ihrer anderen Seite, hält erst sein rechtes Ohr an ihren Mund und kurz darauf zwei Finger an ihren Hals. Dann fängt er an sie zu beatmen und macht gleich danach mit der Herzdruckmassage weiter. Immer wieder drückt er ihren Brustkorb nach unten, so heftig, dass die kleine zarte Frau eigentlich jeden Moment auseinanderfallen müsste.

Dann beatmet er sie wieder.

Dann wieder Herz, dann wieder Atem.

Heart heart heart heart heart heart, unendlich oft.

Breathe breathe.

Ich stehe auf, stelle mich neben Levin und Ole, und Ole sagt wie automatisch zu mir: »Freiwillige Feuerwehr, Dennis. Wohnt drüben im Dorf. War irgendwo in der Nähe und dann gleich hier. Krankenwagen ist unterwegs.«

Er sieht mich dabei nicht an, und vielleicht soll ich es nicht sehen, aber ich sehe es genau.

Ole weint.

Levin weint nicht.

Er kniet sich jetzt neben seine Mutter und sein Blick geht mit der Herzdruckmassage des freiwilligen Feuerwehrmannes hoch und runter, sein Mund öffnet sich, wenn der freiwillige Feuerwehrmann die Mutter beatmet, unendlich lange dauert alles, eigentlich viel zu lange.

Der Feuerwehrmann hat schon bald einen roten Kopf und ist erschöpft, das merke ich genau, aber er gibt nicht auf, kniet neben Levins Mutter und vermacht ihr seine ganze restliche Kraft und die Hälfte seines Atems, und ich glaube, dass er in Wirklichkeit auch noch Levin beatmet.

Da, wo wir vorhin gesessen haben, sehe ich die Kuhlen, die wir mit unseren Füßen in den Sand gegraben haben, sie sehen aus wie frisch geschaufelte Gräber, vier kleine Gräber nebeneinander und dann noch mal zwei etwas abseits, ich bete, dass wir keins davon brauchen werden, und dann brauchen wir auch keins, dann wird alles gut, aber was soll hier schon noch gut werden.

39

Levins Mutter wacht nicht laut auf.

Es kommt keine Wasserfontäne aus ihrem Mund, so wie ich das oft in Filmen gesehen habe, da ist nicht mal ein kleines, mickriges Rinnsal. Ganz leise kommt sie wieder in ihrem Leben an, ob sie will oder nicht, und genau das weiß ich nicht:

Ob sie will.

Oder nicht.

Vielleicht habe ich der Banshee einen Strich durch die Rechnung gemacht, vielleicht habe ich Levins Mutter einen Strich durch die Rechnung gemacht, ich werde es nie herausfinden.

Erst jetzt merke ich, dass ich immer noch in meiner Unterwäsche dastehe, den Zitronenscheiben ist das Lachen noch nicht vergangen. Mir ist kalt und ich habe Gänsehaut, ich müsste meine Hose und mein Shirt anziehen, aber ich weiß nicht mehr, wie das gehen soll: sich anziehen, weitermachen, weiterleben, ich werde für immer in meiner Zitronenunterwäsche an diesem Strand stehen, egal, Hauptsache nicht bewegen, Hauptsache nichts mehr tun.

Aber plötzlich fühle ich etwas Knisterndes auf meiner Haut, ich sehe etwas Schimmerndes, ich sehe Gold. Neben mir steht ein Rettungssanitäter und hat mir eine Rettungsfolie um die Schulter gelegt, in die ich mich jetzt einwickele. Ich bin ihm so dankbar, dass ich ihn auf der Stelle umarmen könnte, aber dafür habe ich keine Kraft mehr. Wenn die silberne Seite der Folie außen wäre, würde ich mich wie ein eingewickeltes Chicken-Sandwich fühlen, das in den Sommerferien im Schulrucksack vergessen wurde.

Die Sanitäter haben Levins Mutter auf eine Trage gelegt, auch sie ist in Goldfolie eingewickelt, aber anders als ich sieht sie wie eine verwunderte Königin aus, die gerade erst aufgewacht ist und nicht weiß, was sie mit dem neuen Tag anfangen soll.

Levin streichelt der Königin langsam die Wange, es sieht behutsam aus, *soft as soda bread,* und gleichzeitig kommt es mir so vor, als wollte er seine eigene Mutter von sich wegstreichen.

So viele Menschen sind jetzt am dunklen Strand.

Sanitäter, Söhne, ein gähnender Arzt, eine einzige Mutter.

Manche von ihnen reden.

Aber in mir ist es ganz still.

Ich drehe mich noch einmal zum Meer, wo sich schwarze Schatten auf die Wellen gelegt haben, sie sehen bedrohlich aus, wie Krähenschwärme, pausenlos schwappen die Krähenschatten vor und zurück. Alles ist anders geworden. Ich weiß, dass die See mich lange nicht mehr trösten wird und dass ihr Wasser abends so trüb ist, dass man nur selten mal jemanden da unten findet, fast nie. Im Meer gibt es keine Mikrofone und keine Kameras, bestimmt hat sich Levins Mutter da unten sicher gefühlt. Oben kriechen immer noch die dunklen Wellen zum Ufer, kriechen zurück, und ein Gedicht fällt mir ein, das wir in *St. Kilian's* gelernt haben, *All Day I Hear the Noise of Waters,* auf einmal verstehe ich es.

Dann steht plötzlich Levin neben mir, schaut mit mir aufs Meer, schweigt mit mir aufs Meer. Er muss sich nicht bedanken, und er bedankt sich auch nicht. Dafür macht er das Irischste, was man überhaupt machen kann. Wenn man in Irland jemanden anrempelt oder ihm auf den Fuß tritt, egal wo, in der Schule oder in der Schlange bei *Tesco,* dann ist es ausgerechnet der Angerempelte und Getretene, der *Sorry!* sagt, schnell und nebenbei, aber gut zu hören. Und jetzt, als die Sanitäter Levin rufen, damit sie mit ihm und seiner Mutter ins Krankenhaus fahren können, jetzt steht Levin vor mir und sagt es eben auch: »Sorry.«

Obwohl *er* der Angerempelte ist.

Der Getretene.

Obwohl ihm all das Schlimme ohne mich nie passiert wäre.

Aber er sagt einfach »Sorry«, in einem weißen und ziemlich peinlichen U2-T-Shirt und so müde, als hätte er dringend einen fünfwöchigen Schlaf nötig, oder ein fünfwöchiges normales Leben.

Und dann, dann sagt er noch etwas anderes.

Kurz darauf wollen die Sanitäter dreimal nacheinander von mir wissen, ob sie wirklich nichts mehr für mich tun können, immer wieder rufen sie ihre Frage zu mir herüber. Dann fährt der Rettungswagen davon, mit Levins Mutter und dem Sohn von Levins Mutter – dem, den ich jetzt am liebsten bei mir hätte. Auch der freiwillige Feuerwehrmann ist verschwunden. Ole und ich und zwei Möwen mit krummen Schnäbeln bleiben zurück, es ist, als wäre nichts geschehen, nur die vielen Fußabdrücke und die Reifenspuren und eine muttergroße Fläche mit platt gelegenem Sand erinnern an das, was beinahe zu Ende gegangen wäre. Der Rettungswagen hat sich aus dem Staub gemacht, so heimlich und leise, wie er vorhin gekommen ist. Dabei hätte ich mir gerade jetzt eine Sirene gewünscht, eine aus Deutschland, denn die irischen Sirenen sind so langsam wie die Schwimmzüge eines sehr schlechten Schwimmers, erst nach einer Ewigkeit werden sie schneller und dann viel zu schnell. Die deutsche Sirene ist dunkler und hat von Anfang an den richtigen Rhythmus, einen, der viel besser passt.

Er klingt wie ein Herz, das ganz langsam wieder zu schlagen beginnt.

40

Es ist schon dunkel, als ich mit Ole über die Landstraße fahre, aber oben hängt ein milchweißer Vollmond, der den Abend heller macht. Am Straßenrand stehen schwarze Pappeln und verneigen sich, ein Acker sieht aus wie die Rinde von *Schwabes feinste Backwaren*-Brot, es gibt Schlimmeres als das. Ole krallt sich am Lenkrad fest, als würde er sonst durch den Autoboden auf die Straße fallen, direkt in eins der Schlaglöcher hinein. Sein Gesicht ist kreidebleich, er starrt geradeaus und riecht nach Schweiß, nach alter Angst, davon war auf der Hinfahrt noch nichts zu merken.

Die Goldfolie liegt hinten im Kofferraum, zusammengeknüllt, und ich habe wieder meine Hose an und mein Shirt und meine Schuhe, alles passt noch, obwohl es mir vorkommt, als hätte ich es zum letzten Mal vor einer Ewigkeit getragen und als wäre ich jetzt dreißig Jahre älter, dreißig Jahre größer, dreißig Jahre kleiner.

Ole sagt nichts.

Für lange Zeit hält er sich aus allem raus.

Aus diesem Abend hier.

It's been the worst day since yesterday.

Mir ist kalt, die Unterwäsche unter meinen Klamotten ist immer noch nass, auch meine Haare hängen mir schwer und kalt vom Kopf, ein Handtuch wäre gut. Wir kommen an einer großen Wiese vorbei, auf der sich Kraniche sammeln, keine Ahnung, ob sie vorhin auch schon da waren. Ein paar von ihnen tanzen, schreiten, dazwischen fliegen weiße Mülltüten wie verirrte Schwäne und dann noch ein paar schwarze Krähen, alle tanzen mit, und der Kranich ist der Vogel des Glücks, der Kranich ist ein Vogel mit einem Ich im Namen.

Da fängt Ole plötzlich doch zu reden an, aber ohne mich auch nur kurz anzusehen, er starrt weiter nach vorn auf die Straße und an den Kranichen vorbei und sagt kraftlos: »Also, wir ... wir haben uns irgendwie dran gewöhnt, dass sie sich nicht umbringt. Sie hat allen möglichen Mist gemacht, das kannst du dir nicht vorstellen, oder vielleicht doch, aber sich umbringen war nicht dabei, ich mein, sie hat es nie versucht. Sonst wären wir doch nicht zum Strand gefahren.«

Ich drehe mich mit einem Ruck zu Ole. »Woher willst du das wissen«, sage ich, ich schreie ihn fast an. »Don't be stupid, woher willst du wissen, dass sie es diesmal versucht hat, vielleicht ist sie einfach untergegangen, vielleicht hat es ihr die Beine weggezogen, du kennst doch die blöden Unterströmungen hier, das weiß doch jeder, dass die lebensgefährlich sind.«

Ole nickt, wischt sich etwas aus den Augen, und ich schäme mich, weil ich mir sicher bin, dass seine Mutter nicht einfach untergegangen ist, ich weiß es einfach, und Strömungen gab es auch keine, es gab überhaupt keinen Grund, um unterzugehen.

Keinen Grund, um bis zum Grund zu sinken.

Und da ist noch etwas anderes, für das ich mich schäme, und dieses andere ist vorhin passiert, kurz nachdem Levins Mutter nicht mehr zu sehen war und kurz bevor ich ins Wasser gerannt bin. Als das Meer so ausgebreitet vor mir lag, so voller Grau und

Silber und so ohne Levins Mutter; nachdem mir als Erstes meine Zitronenunterwäsche eingefallen war, da habe ich mir als Zweites vorgestellt, es hätte Levins Mutter nie gegeben, ich habe es Levin und Ole sogar gewünscht: dass sie stattdessen eine andere Mutter abgekriegt hätten, einen anderen Kummer, der viel kleiner ist als der, den sie kennen.

Ich glaube nicht, dass man etwas Schlimmeres denken kann.

Erst jetzt sehe ich die Sterne am Himmel, sie kommen langsam zum Vorschein: kleine, leuchtende Punkte zwischen den Wolken. Der Himmel ist so löchrig wie Angelina Wuttke und wie alle Thälmannstraßen des Landes zusammen und auch wie Oles Auto, ja, erst jetzt sehe ich, wie alt und zerschlissen die Sitzpolster sind. Ich muss an das Cabrio denken, das ich mir vor vielen Wochen vorgestellt habe, ich weiß jetzt:

Oles Auto, das ist echt.

Das Cabrio war nur der Plan.

Sie ist die reine Wahrheit, meine Fahrt mit Ole in diesem uralten Auto, sie ist das, was wirklich passiert, und da vorn beginnt Velgow, da vorn beginnt das Dorf, das doch längst hinter mir liegen sollte. Wir fahren am Silo vorbei, das links von uns im Dunkeln steht, einsam wie eine alte Konservendose, wir kommen an OBST GEMÜSE FEINFROST vorbei und am alten Kindergarten, in dem vielleicht mal meine Mutter war, wieso habe ich sie das nie gefragt? Dort, wo Wolfgang Jensen gewohnt hat, lehnt ein Mann an der Haustür und raucht, ich sehe nur eine schwarze Menschenform und einen orangefarbenen Punkt, ein Glühwürmchen, das sich an einen traurigen Flecken Erde verflogen hat.

»Nicht dichtmachen«, raune ich Ole zu, aber viel zu leise,

denn er sagt nur »Was, wie bitte?« und dass er mich leider nicht verstanden hat.

»Nicht dichtmachen«, rufe ich laut gegen die Windschutzscheibe, »bitte, das hat schon meine Mutter gesagt, und ich sage das jetzt auch.«

Ole ist ganz still.

Ich schaue ihm seitlich ins Gesicht.

Die Tränen laufen ihm immer noch über die Wangen.

Er setzt mich vorm *Meerkrug* mit seinen fremden Zimmern ab. Ich habe ihn darum gebeten, weil ich die letzten Meter alleine sein will und weil ich nachdenken muss über alles, was heute Abend passiert ist. Wir stehen da, Ole schaut auf den Boden, und ich frage: »Was glaubst du? Wo genau wären wir jetzt? Wenn alles gut gegangen wäre.«

Ole zuckt mit den Achseln. »Weiß nicht. Bremen vielleicht. An irgendeiner Autobahnraststätte. Oder im Stau.«

»Oder auf den Fahndungsfotos der Polizei, ich hoffe, wir wären gut getroffen gewesen, mit aufgerissenen Augen und hängenden Mundwinkeln und so«, sage ich schnell, aber für Fahndungsfotos ist es eigentlich noch nicht spät genug.

Und Ole lacht auch nicht.

Aber meine Frage hat ihn auf eine Idee gebracht. Er geht zum Kofferraum und holt meinen Rucksack heraus, mein kleines Velgower Leben, das ich jetzt wieder zurückbringen werde. Man kann wirklich nicht sagen, dass es besonders weit gekommen ist.

Als mir Ole den Rucksack reicht, flüstert er: »Er wollte mich dafür bezahlen.«

»What?«

Ole überlegt kurz, dann sagt er noch einmal: »Er wollte mich dafür bezahlen. Für die Fahrt. Hast du dich nie gewundert? Du musst doch mal darüber nachgedacht haben. Levin hat jahrelang Geld gespart, für unsere ... also, na ja, für unsere Mutter, falls eines Tages mal ein teures Medikament erfunden wird, das sie wieder so werden lässt, wie sie früher mal war, mit neun hat er angefangen zu sparen, aber er ... er scheint die Hoffnung irgendwie aufgegeben zu haben, na, und du hast ja das Geld gesehen, den Rest wollte er dir für die Reise geben. Und jetzt, genau, vielleicht erfinden sie ja doch noch so ein Medikament.«

Ole steht da, und schon wieder denke ich, dass er vollkommen anders aussieht als Levin, seine Haare sind ganz kurz und dunkelblond, über dem Mund trägt er einen fast unsichtbaren dünnen Bart und über der Nase zwei rot geweinte Augen. Ich verabschiede mich von ihm und mache etwas Seltsames, ich gebe ihm die Hand.

Aber Ole macht etwas noch viel Seltsameres: Er hält meine Hand mit seiner schwitzigen Hand fest, schaut auf den Boden und erklärt leise: »Ich ... also. Danke.«

Dann sieht er mich an, schüttelt meine Hand ein bisschen zu heftig, lässt sie dann ein bisschen zu plötzlich los und trottet wieder zum Auto, um zu seiner Mutter ins Krankenhaus zu fahren. Obwohl er noch keine neunzehn ist, sieht er von hinten aus wie ein alter Mann, leicht gerundet, leicht gebückt, und auf der Stelle tut es mir unendlich leid, dass ich Ole in meinem Traum gegen Bono ausgetauscht habe.

41

Sie stehen alle um die Feuerschale herum, das kann ich von meinem Platz hinter der *Irish Dreams*-Steinmauer gut erkennen. Ich sehe ihre angeleuchteten Köpfe und die Hände, die sie über das Feuer halten, ich sehe die Funken wie Mücken aufsteigen und durcheinanderwirbeln, ich sehe die Flammen in der Ferne, Lachen kann ich hören und Gemurmel und *Nein, wirklich?* Irgendwo liegt ein Plastikgartenstuhl auf der Wiese und darüber hängen die hellen Girlanden und ganz oben immer noch der Mond.

Ich stehe abseits, weit weg vom Gartentor, stütze mich an der niedrigen Mauer ab. Ein Stein fällt runter und dann noch einer, aber keiner von den Partygästen kann es hören, weil ich immer noch weit genug weg stehe.

Hier, hinter der niedrigen Mauer.

In meinem Gesicht ein feiner, irischer Wind.

Die, zu denen ich wollte, werden kein bisschen unruhig sein, wenn ich nicht bei ihnen auftauche. Mein Vater wird in *Dunphy's Pub* in Dun Laoghaire sitzen und verwundert auf seine Pints gucken, sie dann aber trotzdem trinken, Glas für Glas, eins nach dem andern, und ich hoffe, dass wir irgendwann wieder miteinander reden werden. Nana Catherine wird bei St. Michael sein und sich von ihm kirchlich verstehen lassen, und Granda Eamon schaut wahrscheinlich eine Folge von *Fair City* und sieht

Robbie und Carol bei ihrer neuesten Trennung zu. Niemand wird zur Tür gucken, niemand wird darauf warten, dass sie langsam aufgeht und dass dann jemand zu sehen ist, ich, Emma Keegan, halb-und-halb.

Im Garten lacht jetzt irgendwer laut und schrill, es klingt nach meiner Großmutter, die noch nie solche Töne von sich gegeben hat, jedenfalls nicht, wenn ich in der Nähe war. Ich versuche sie zu erkennen, das dauert eine kleine Weile, aber dann sehe ich sie, ihre Haare, die durch das Feuer rötlich angeleuchtet werden, es ist beinahe die Farbe der Cherrygarth-Füchse. Ihre Umrisse sind so verschwommen, als wäre sie unter Wasser, aber trotzdem kommt es mir so vor, als hätte ich sie noch nie so klar gesehen wie jetzt.

Neben ihr entdecke ich in Schwarz und Orange Regina Feldmann, von der ich jetzt, an diesem Abend hinter dieser Steinmauer, noch nicht wissen kann, dass sie einen ganzen Kleiderschrank voller blauer Hausanzüge hat, ungefähr fünfzehn Stück, und dass sie Aoife in Wirklichkeit doch nur mit kriminellen Methoden zum Reden gebracht hat, nämlich mit der Aussicht auf einen Wochenendausflug ins Dinosaurierland Rügen mit Maja und mit Übernachtung und einer sauriergroßen Portion Eiscreme.

Ich sehe Dara, neben dem ein weiblicher Umriss steht, vielleicht immer noch Freundin Nummer zwei, ich sehe meinen großen Bruder, der später als Einziger von uns zurück nach Irland gehen wird, weil er in Wahrheit immer der Traurigste von uns gewesen ist und weil er dieses Leben hier die ganze Zeit gehasst hat.

Aber das weiß ich jetzt noch nicht, auch nicht, wie warm der Oktober sein wird und was Aoife für ein entzückendes Deutsch sprechen wird, ein Aoife-Deutsch mit englischen und irischen Abschnitten, und dass sie in ein paar Monaten zur Kinderfeuerwehr Velgow gehen wird, zweimal die Woche, und uns danach jedes Mal so viel davon erzählen muss, dass mir die Ohren wehtun werden.

Und da, endlich, erkenne ich auch meine Mutter, ihre ungefähre Form, ihre Bewegungen, die wie ein fast nicht getanzter Tanz aussehen, ganz leicht und kaum zu erkennen, meine Mutter, die im Feuerschalenlicht sichtbar wird und vielleicht gerade rote Bäckerinnenwangen hat, meine Mutter, die Levins Mutter einmal pro Woche in der Stralsunder Klinik besuchen wird, monatelang, zwei Mütter, die beide irgendwie woanders sind als da, wo sie sein wollen, und das Feuer flackert, die Flammen werden kurz höher, die Funken sprühen, die Stimmen sprühen.

Und Levin.

Er hat gezittert, als er »Sorry« gesagt hat, alles an ihm hat gebebt, die Wimpern und das *Electrical Storm*-Shirt und der winzige Leberfleck auf seinem Handrücken. Levin hat noch ein anderes Wort gesagt, bevor er weggefahren ist, nur ein einziges Wort.

Arschwärts.

Ich glaube nicht, dass er recht damit hatte.

Im Garten ist es dunkel und gleichzeitig hell, lampionhell, flammenhell. Ich denke an die traurige halbe Weihnachtsbeleuchtung vom letzten Dezember, und ganz kurz wird mir das Herz schwer. Zwischen den Funken springt Peppy aufgeregt hin und her, und schon wird mir das Herz wieder leichter. Ich merke plötzlich, dass Peppy nicht mehr nur der Hund anderer Leute ist.

Als er an meiner Mutter hochspringt, fällt mir der Brief unter ihrem Kopfkissen ein, ich weiß, dass ich nur ins Haus rennen und ihn holen müsste, keiner würde etwas merken. Aber vielleicht werde ich meiner Mutter nie wieder so viel erzählen können wie auf diesem einen Blatt Papier, *dear Ma, wenn du das liest, bin ich schon ziemlich weit weg, fast zu Hause,* und meine Mutter wird vielleicht aufspringen, wenn sie das liest, weil sie glaubt, dass ich gerade ziemlich weit weg bin, und dann wird sie aufgeregt in Aoifes und mein Zimmer rennen und sie wird, wenn wir noch schlafen sollten, an meinem Bett ein paar Sekunden länger stehen als am Bett meiner Schwester.

Ich lasse den Brief also, wo er ist, unter dem Kissen meiner Mutter, und klettere über die Gartenmauer, mache einen Schritt in Richtung Feuerschale, dann gleich ein paar, bis ich fast schon die Hitze der Flammen spüren kann, bis ich die Funken dicht vor mir sehe. So nah bin ich jetzt, dass meine Wangen glühen, *ich bin jetzt da,* könnte ich rufen, aber ich sage es nicht, weil ich nicht weiß, ob es stimmt. Dann haben sie mich entdeckt, erst meine Mutter, dann die anderen, keiner von ihnen scheint überrascht zu sein, und mit einem einzigen Schritt und meinem viel zu großen Rucksack stelle ich mich zu meiner Familie dazu.

Glossar

Achill Island ist eine Insel in der Grafschaft Mayo im Westen Irlands.

Achterport ist ein plattdeutsches Wort für »Hintertür«.

All Day I Hear the Noise of Waters heißt ein Gedicht des großen irischen Schriftstellers James Joyce. Es findet sich in seinem Lyrikband *Chamber Music* aus dem Jahr 1907 und ist wunderschön, aber auch ziemlich wässrig.

Avonmore Milk ist eine populäre Milchmarke in Irland. Ein Schlückchen Avonmore Milk schmeckt besonders gut mit einer Tasse → *Barry's Tea*.

Bacon & Cabbage ist ein traditionelles irisches Gericht: Schinkenspeck wird mit Kohl und Kartoffeln gekocht. Petersiliensoße drüber, fertig. Schmeckt sehr ... traditionell.

Bananas in Pyjamas sind die Helden der gleichnamigen australischen Kinderserie, die auch im irischen Fernsehen lange ausgestrahlt wurde. Die animierten, riesigen, leicht krumm gehenden Südfrüchte tragen die poetischen Namen B1 und B2, außerdem gestreifte Schlafanzüge. Sie sehen aus wie Bert von *Ernie und Bert*. Nur in Banane.

Banshee heißt die Geisterfrau in der keltischen Mythologie. Sie kündigt einen bevorstehenden Tod an und kommt auch in J.K. Rowlings *Harry Potter*-Büchern vor. In der deutschen Übersetzung heißt sie dort allerdings nicht *Banshee*, sondern *Todesfee*.

Barry's Tea ist eine populäre Schwarzteesorte in Irland. Der Tee schmeckt besonders gut mit einem Schlückchen → *Avonmore Milk*.

Black Sabbath ist der Name einer Heavy-Metal-Band, die 1969 in Großbritannien gegründet wurde und – mit mehreren Unterbrechungen – bis 2017 aktiv war. Ihre Songs tragen Titel wie *Rat Salad* oder *The Gates of Hell*, und auf Konzerten erreichte die Band früher dreistellige Dezibel-Werte, sodass man die Großeltern besser nicht mitnahm.

Bonnie und Clyde bildeten ein amerikanisches Verbrecherduo, das in den Dreißigerjahren tätig war.

Bono heißt der Sänger der irischen Rockband → *U2*. Sein richtiger Name ist Paul David Hewson. Man kann ihn unter beiden Namen immer noch auf den Straßen der irischen Hauptstadt antreffen. Oder man behauptet einfach, dass man ihn dort gesehen hat. Merkt sowieso keiner.

Broiler hießen in der DDR die Brathähnchen. Es gab sie auch als Goldbroiler. Diese wurden jedoch, anders als das Tomahawk-Steak von Franck Ribéry, ohne Gold serviert.

Buddelbroder, *Sprietkopp* und *Suupbüdel* sind plattdeutsche Ausdrücke für Menschen, die gern viele alkoholische Kaltgetränke zu sich nehmen. Sehr viele.

Cadbury-Schokolade ist eine britische Schokoladenmarke, die seit 1933 auch in Irland hergestellt wird. Cadbury-Schokolade schmeckt öliger als andere Schokoladensorten. Und weniger süß. Gewöhnungsbedürftig. Man kann sie sehr lieben.

Campingbeutel wurde in der DDR ein kleiner, meist karierter Rucksack genannt. Einige Leute benutzen das Wort heute noch. Manche sogar den Rucksack.

Ceiliúradh (sprich: Käi-lu-ra) ist ein irisches Wort mit etlichen

Bedeutungen. Neben »Abschied« und »Fest« kann es zum Beispiel auch »Ritual« heißen und sich zudem auf das Feiern einer Person oder Sache und auf den Vorgang des Verschwindens beziehen.

Cherrygarth ist ein altes Wort für einen (mit einem Gebäude verbundenen) Kirschgarten. Eine Straße in → *Mount Merrion* heißt so.

DART (*Dublin Area Rapid Transit*) heißt die Schnellbahn, die durch Dublin fährt und die Stadt mit den benachbarten Küstenorten verbindet, zum Beispiel mit Howth (schwer auszusprechender Küstenort östlich von Dublin) und mit Bray (leicht auszusprechender Badeort südlich von Dublin).

Derry, auch Londonderry, ist die zweitgrößte Stadt Nordirlands. Es ist eine Herausforderung, ein Busticket für diese Stadt zu erwerben. Kauft man es in der Republik Irland und sagt »Londonderry«, könnte der Busfahrer beleidigt den Transport verweigern. Kauft man es im britisch orientierten Nordirland und sagt zum Fahrer »Derry«, könnte dieser ebenfalls empört die Bustür schließen und einfach davonfahren. Kompliziert. Man fährt also am besten in den Nachbarort und geht die letzten Kilometer zu Fuß.

Donegal accent: Er wird in der irischen Grafschaft Donegal gesprochen und ist angeblich der stärkste Dialekt Irlands. Seine Intonation hat etwas unfreiwillig Belehrendes, überhaupt klingt er ein wenig rau und unfreundlich.

Donnerkeil nennt man ein zylindrisches, spitz zulaufendes fossiles Skelettelement eines urzeitlichen Tintenfisches.

Dumm Tüch ist Plattdeutsch für »Dummes Zeug«.

Dun Laoghaire (sprich: Dan Liery) ist ein Küstenort 12 Kilometer südlich vom Zentrum Dublins.

Dunnes Stores ist eine irische Kaufhauskette.

Ejit (sprich: Í-dschit) heißt einfach nur Idiot und ist eine irisch-salopp ausgesprochene Variante des englischen Wörtchens »idiot«. Oft ist es sogar liebevoll gemeint.

Elefantenrüsselfisch heißt ein schwach elektrischer, zigarrengroßer Fisch, dem man in Afrika begegnen könnte, wenn, ja: wenn er sich nicht am Boden trüber Gewässer verstecken würde. Ist man aber selbst ein Elefantenrüsselfisch, der Strom erzeugen kann, dann kann man sich sogar im schlammigen Wasser orientieren und mit den Artgenossen mittels sehr schwacher Stromstöße eine Art elektrisches Gespräch führen.

Fair City ist die populärste Fernsehserie Irlands, eine Mischung aus *Gute Zeiten, schlechte Zeiten* und der *Lindenstraße*. Für manche Iren ist *Fair City* so wichtig wie bei uns der *Tatort*, und man ruft vorsichtshalber niemanden an, wenn die Serie läuft. Am besten den ganzen Tag. Also dienstags, mittwochs, donnerstags und sonntags.

Fire Brigade heißt in Irland die Feuerwehr.

Fuck off with yerself kann man in Irland sagen, wenn man »Hau ab« meint. Es ist nicht besonders nett.

Garda Station heißt in Irland die Polizeiwache.

Gobshite ist ein in Irland oft für Personen benutztes Schimpfwort. »Gob« kann mit »Fresse« übersetzt werden, »shite« (sprich: scheit) ist die in Irland übliche Form von »shit« ...

Grafton Street heißt *die* Einkaufsstraße in Dublin.

Granda werden in Irland oft die Großväter genannt. Manche heißen aber auch einfach nur Grandad oder – ein irisches Wort – Daideó (sprich: Deddo).

HO Fleisch- und Wurstwaren hießen in der DDR jene Fleischerei-Fachgeschäfte, die zur staatlichen Handelsorganisation (HO) gehörten. Wenn es Rouladen gab, war die Schlange vor dem Laden manchmal so lang wie zweihundert aneinandergeknotete Bratwürste.

Hühnergott nennt man einen Feuerstein mit mindestens einem natürlichen Loch. Man findet ihn zum Beispiel an Nord- und Ostseestränden.

Hurry back to me, my wild calling [...] ist der Refrain des Liedes *The Worst Day Since Yesterday* der irisch-amerikanischen Folk-Punk-Rock-Band Flogging Molly.

Iron Maiden heißt eine britische Heavy-Metal-Band, die 1975 gegründet wurde. Obwohl ihr einziger Nummer-eins-Hit den Titel *Bring Your Daughter ... to the Slaughter* trägt, haben ihre Songs oft politische und gesellschaftliche Themen. Lautstärke und Großelterntauglichkeit: siehe → *Black Sabbath*.

It's grand ist in Irland die beliebteste Antwort auf fast alle Fragen. »Grand« heißt hier nicht etwa »großartig«, sondern so etwas wie »okay«. Manchmal heißt es sogar einfach nur: »Geht dich überhaupt nichts an, lass mich bloß in Ruhe.«

Jaysus ist die irisch verkleidete englische Form von »Jesus«. Für die Aussprache ist es wichtig, dass man die erste Silbe (Tschäy) sehr laut und lang gezogen spricht, die zweite darf fast verschluckt werden. »Jaysus« kann man seufzen, brüllen oder ängstlich flüstern. In Schocksituationen geht auch: »Jaysus, what the Jaysus!«

Kalter Hund ist ein anderer Begriff für »Kalte Schnauze«. Und umgekehrt. Er bezeichnet einen außerhalb des Backofens hergestellten Kuchen aus Butterkeksen und einer fettigen Schokoladencreme.

Kaufhalle hieß in der DDR der Supermarkt. Die Kaufhalle gehörte entweder zur staatlichen Handelsorganisation (→ *HO*) oder zur Konsumgenossenschaft.

Konsum (Betonung auf der ersten Silbe, hinten kurz gesprochenes *u*) hieß in der DDR ein kleineres Lebensmittelgeschäft, das einem Tante-Emma-Laden nicht unähnlich war. Es gehörte zu den Konsumgenossenschaften.

Lamb Stew ist ein traditioneller irischer Eintopf aus Lammfleisch, Kartoffeln, Zwiebeln und Petersilie.

Langered ist man in Irland, wenn man so betrunken ist, dass das Wort »drunk« nicht mehr ausreicht. Es gibt Besseres als das. Zum Beispiel → *Cadbury-Schokolade.*

Liffey heißt der Fluss, der durch Dublin fließt. Die Liffey ist für Dublin das, was die Seine für Paris, die Themse für London und die Este für Buxtehude ist.

Lion's mane jellyfish, dt. Feuerqualle, heißt eine riesige, Schmerzen verursachende Qualle. In Arthur Conan Doyles Sherlock-Holmes-Geschichte *The Adventure of the Lion's Mane* tritt die Qualle als Mörderin auf, wird aber von Sherlock Holmes überführt.

Me arse! (dt. Mein Arsch!) sagt man in Irland am Ende eines nicht ernst gemeinten Satzes. Es bedeutet also in etwa: »Höhö!« »Me arse!« taugt aber auch als Antwort auf offensichtliche Lügen, es heißt dann so viel wie: »Ja, ja, von wegen!«

Megadeth ist eine amerikanische Thrash-Metal-Band, die es seit 1983 gibt. Wie der Bandname vermuten lässt, geht es in ihrer Musik nicht um die bedrohte Pflanzenwelt der Nordhalbkugel, sondern oft um Tod und Krieg, manchmal aber auch um Politik und Religion.

Metallica ist eine amerikanische Heavy-Metal-Band. Sie wurde 1981 gegründet, und vielleicht ist sie sogar die berühmteste

Heavy-Metal-Band der Welt. Ihr Song *Nothing Else Matters* (1991) wurde vielfach gecovert und läuft immer noch oft im Radio.

Mifa ist die Abkürzung für »Mitteldeutsche Fahrradwerke«. Der Fahrradhersteller aus Sangerhausen war zu DDR-Zeiten ein Volkseigener Betrieb (VEB). Sehr beliebt waren damals die Mifa-Klappradmodelle 901–904.

Mount Merrion ist ein Vorort von Dublin, sieben Kilometer südlich vom Stadtzentrum.

Nana werden in Irland oft Großmütter genannt. Andere Bezeichnungen sind Granny oder Grandma.

Neunzehnhundertsechzehn hat Irland noch zum United Kingdom of Great Britain and Ireland gehört. Irische Republikaner begannen am Ostermontag 1916 einen blutigen Aufstand, um tagelang für die Unabhängigkeit Irlands zu kämpfen. Geklappt hat das aber erst 1922.

Panda heißt eines der größten irischen Recycling-Unternehmen.

Penny Sweets heißen, Euro hin oder her, noch immer die Süßigkeiten, die man in kleineren irischen Lebensmittelläden einzeln kaufen kann.

Pint (sprich: Peint) nennt man in Irland Biergläser, in die genau 568 Milliliter Bier passen. Meistens Guinness. Das Wort »Pint« benutzt man gern für das bereits gefüllte Glas.

Saurer Apfel ist ein Likör aus Weizenkorn und Apfelsaft und eine Variante des traditionellen »Apfelkorn«.

Schulspeisung hieß das Schulcatering in der DDR.

Seapoint ist ein Badeplatz in der Nähe von Dublin, ganz in der Nähe der gleichnamigen Haltestelle der → *DART*-Schnellbahn. Es gibt einen gepflasterten Strand und eine steinerne Treppe, die ins Meer führt.

Silent, o Moyle ist der Titel und der Anfang eines irischen Liedes, das aus der Sicht eines der Kinder aus → *The Children of Lir* davon erzählt, wie einsam und traurig es ist, in einen Schwan verwandelt worden zu sein.

So pass the flowing bowl, while [...] ist der Refrain des Liedes *The Jolly Roving Tar* der Folkband The Irish Rovers.

Soda Bread, in Irland sehr beliebt, sieht von außen aus wie ein gewöhnliches Roggen- oder Mischbrot, ist aber weicher und schmeckt eher wie ein herzhafter Brotkuchen, denn es wird mit Backpulver (bzw. bread soda) gebacken. Irisches Soda Bread kann mit deutschem Sauerteigbrot auf gar keinen Fall mithalten. Und umgekehrt.

St. Kilian's German School ist der Name einer deutsch-irischen Schule mit europäischer Ausrichtung im Dubliner Vorort Clonskeagh. Sie folgt dem irischen Lehrplan, das Fach Deutsch ist aber einer ihrer Schwerpunkte.

Stocious ist man in Irland, wenn man dermaßen betrunken ist, dass man das Wort »stocious« gar nicht mehr aussprechen kann. Nicht empfehlenswert. Denn es ist eigentlich ein sehr wohlklingendes Wort.

Temple Bar klingt nach schöner Tempelstille, ist aber ein beliebtes Kneipenviertel in Dublin.

Tesco heißt eine britische Supermarktkette, die auch in Irland viele Filialen hat.

Thälmann, Ernst: Ernst Thälmann war in der DDR mindestens so wichtig wie Old Shatterhand. Fast wie Winnetou. Nur dass man sich für den Politiker (1886–1944), der von 1925 bis 1933 Vorsitzender der Kommunistischen Partei Deutschlands war, meist nicht freiwillig interessierte. Viele Straßen, Betriebe, Sportstadien etc. waren nach ihm benannt. Im *Thälmann-*

lied hieß es sogar: »Thälmann ist niemals gefallen.« Mittlerweile sind in Deutschland viele Ernst-Thälmann-Statuen und -Denkmäler gefallen.

The Call of the Wild (1903) ist ein Abenteuerroman des amerikanischen Schriftstellers Jack London.

The Children of Lir heißt eine sehr traurige Legende aus der keltischen Mythologie Irlands: Lirs Kinder werden von ihrer Stiefmutter in Schwäne verwandelt. 900 Jahre lang heilen und trösten sie mit ihrem Gesang die Menschen.

Tranbüddel ist ein plattdeutsches Wort für jemanden, der träge und langsam ist.

Twinings-Bändchen hängen mitsamt Etikett an den Teebeuteln des *Twinings*-Tees, einer großen britischen Teemarke, die auch in Irland geschätzt und getrunken wird. Irische Schwarzteemarken wie *Barry's* oder *Bewley's* kommen hingegen ganz ohne Bändchen aus.

U2 heißt schon seit den späten Siebzigerjahren eine irische Rockband. International berühmt wurden Frontmann → *Bono* und seine drei Bandkollegen aber erst in den Achtzigern. Mit ihren Konzerten füllen sie immer noch Stadien.

Use Your Illusion I und II heißen zwei Alben der amerikanischen Hardrock-Band Guns N'Roses. Sie wurden 1991 gleichzeitig veröffentlicht und haben sich zusammen über 25 Millionen Mal verkauft.

Wasseramsel heißt ein Jugendroman von Wolf Spillner aus dem Jahr 1984, *Weiße Wolke Carolin* (1980) ist ein Kinderbuch von Klaus Meyer und *Frank und Irene* (1964) ein Jugendbuch von Karl Neumann. Die Bücher gehören zu den schönsten und populärsten Liebesromanen, die in der DDR für junge Leser veröffentlicht wurden.